Ichikouji & Kouhei
「親友に向かない男」

「ちょ…な、なに、まっ…」
「いいから、じっとして。ここは男も感じるから。いじられたことないなら覚えろ」
ただの飾りでしかなかった胸の突起を、唇ですり合わせるように吸われて、じんと痺れるような快感が走った。
（本文P.113より）

親友に向かない男

音理 雄

キャラ文庫

この作品はフィクションです。
実在の人物・団体・事件などにはいっさい関係ありません。

目次

親友に向かない男 …… 5
恋人と呼びたい男 …… 145
あとがき …… 284

口絵・本文イラスト／新藤まゆり

親友に向かない男

――もう、そろそろ時間だな。

航平《こうへい》は腕時計を確認すると、資料を持って立ち上がった。パーテーションで区切られただけの、ミーティングルームと呼ぶにはおこがましいスペースへと移動する。

航平が勤める『Y&Yサービス』は、イベントの企画運営を代行する会社で、社員がそれぞれの案件を営業からプランニング、会場運営までトータルに担当していた。

今日は二時から社内で、初顔合わせとなる外注カメラマンとの打ち合わせだ。

「そういえば――篠原《しのはら》、前に頼んでた餅つき大会の件、担当者とはもう連絡とれた?」

テーブルに資料を準備しながら尋ねると、デスクワーク中だった篠原は慌てた声を出した。

「あっ……すみません、あの、まだ確認できてないです。伝言をお願いしたら、先方から電話をくださるということだったので――」

「じゃあ、今やってるデータ処理が終わったら、もう一度かけてみてくれるかな。相手が忘れてる可能性が高いから」

「わかりました。ほんとすみません……俺が気づいて管理しなきゃいけないことなのに」

今年入社の篠原は、先輩社員たちを手伝いながら仕事の流れを覚えている最中だ。

「いいよ。新人のうちは雑用が多くて大変だろ。フォローはこっちでするから」

「そう言ってくれるの、立花《たちばな》さんぐらいです。いつもありがとうございます」

申し訳なさそうな顔で頭をかく後輩に、どうってことないよと軽く手を上げてみせる。

四つ下の篠原はまだ学生気分が抜けないところがあり、たまにうっかりミスをしでかすのだが、やる気はあるので憎めない。それに篠原は航平をとくに慕っていた。

長く運動部のサークルに在籍していた航平としても、後輩に頼られるのには慣れていたし、また面倒をみるのも好きだった。

『Y&Yサービス』の本社は埼玉《さいたま》だが、営業所は都内の雑居ビルのワンフロアだ。社員は常に出払っていることが多く、今も所内にいるのは航平を含めて三人だけ。

ドアをノックする音が響き、航平はスーツのネクタイを整えながら出入り口へと向かった。

「失礼します。本日の打ち合わせにうかがいました、カメラマンの――」

ドアを開けて入ってきた男は、航平の顔を見るなり驚いた様子で目を大きくした。

おそらく同い年ぐらいだろう。背がとても高く、業界では珍しくはない無精《ぶしょう》髭《ひげ》を生やし、ラフな雰囲気だがやけに目を引く男。

航平も一八〇近くはあり、営業所では一番高いが、彼のほうが目線は数センチ上だ。

不躾《ぶしつけ》ともいえるほど見つめられて、なんとなく胸騒ぎを感じた。どこかで見た覚えがある男だと既視感を抱きながらも、「はじめまして立花です。お待ちしてました」とミーティングルームへ案内する。

「お忙しい中お越しいただき、ありがとうございます。どうぞよろしくお願いします」

あらためて男と向き合い握手を求めると、思いのほか強く握り返されて少し戸惑った。

「こちらこそお世話になります」

一見したときから思ってはいたけれど、男はえらく整った甘い顔立ちをしている。切れ長の二重は涼しげで鼻筋はまっすぐ通っており、やや上がりぎみの口角はきゅっと引きしまって男の色気が感じられる。少しくせのある長めの茶髪に、ニット素材のジャケットとノーネクタイという、カジュアルな服装もさっぱりしてお洒落《しゃれ》だ。

薄い髭はあるが不潔感はなく、フリーのカメラマンというよりは、俳優やモデルでも通用しそうなくらい独特の雰囲気がある美男子。

航平も知らずに長く見つめてしまっていたようで、男がさきに名刺を取り出した。

「申し遅れましたが、岩倉《いわくら》所長よりご紹介いただきました、カメラマンの一小路《いちこうじ》です」

耳にしたその名前と受け取った名刺を見て、航平は思わず、えっと驚きの声をあげていた。

――一小路元《はじめ》。

記憶に刻まれた名前に鼓動が跳ね上がる。そうだ、この顔。見覚えがあって当然だ。

「まさか……」

「思い出してくれた？」

くだけた言い方でにこやかに微笑《ほほえ》まれると、男は急に親しみやすい印象となる。

なぜ、すぐに気がつかなかったのか。

一小路は高校の元クラスメートだ。一時はかなり親しくしていたのに、ある時期を境に疎遠となり、もう十年も会っていなかった。

「……突然すぎてわからなかった」

「俺もびっくりしたよ。こんなかたちで出会うとは——偶然にしてもすごいな」

営業所長である岩倉のつてで、今回から新規で発注することになったのだが、もちろんふたりの関係など岩倉は知らないだろう。

「そうか、カメラマンになってたんだ」

「まあ、なりゆきでね。立花も元気そうでよかったよ」

「さっき、すぐに俺だとわかった？」

「ああ、全然変わってなかったから。相変わらずキリッとしてて、いい男のままだ」

おどけるように細められた目許に、一気に懐かしさが込み上げてくる。いやでも過去のことがよみがえってきて、わずかに胸の底が痛んだが、意識的にそれを追いやった。

一小路は前から冗談が嫌味にならない男で、物腰がやわらかく鷹揚《おうよう》だった。慣れたリップサービスに対して、格好いいのはおまえのほうだろと内心で切り返す。

「それよりも、とりあえず座りましょうか」

ぎこちない言い方で着席をうながすと、一小路は「そうだね」と真向かいに座った。

——まいったな。

思いもよらぬ旧友との再会で、航平は正直なところ調子が狂いまくっていた。いつものきびきびとしたペースがつかめない。こんな不意打ちってあるかよと、誰に向けるでもない恨み節と、奇妙な高揚感やあせりが胸中で複雑にからみ合う。

「それでは、さっそくですが説明に入らせていただきます。こちらが企画書で——」

用意した資料とイベント企画書を手渡すと、間を置かずに本題へ入る。いつまでも懐かしさを引きずりたくなかったし、まだ気持ちを切り替えられない自身へのじれったさもあった。

表面上では冷静さを装い、そつなく進行しているつもりだったが、会話の途中で目が合い「そんな硬くならなくても」と笑いかけられると、「仕事中だから」と視線をそらせるしかなくて、胸の奥がきゅうっとねじれた。

自分は十年前となにも変わっていないのかと、今になって思い知らされる。

剣道を長く続けていた航平は、当時から髪を短くしていて、今でも変わらず全体的にこざっぱりと短めに整えている。カラーリングなどとは二十七年間無縁だ。

姿勢がよく、凜《りん》としているのでスーツを着れば見栄えもするし、真面目《まじめ》で清潔感のある容姿が教師や上司にうけがよかった。

いっぽう一小路は大人びた高校生だった。マイペースな楽天家で、だからといって投げやりというわけではなく、自分の意見を持ちながらも相手に押しつけたりはしない。

男子からはやっかみの対象にされることもあったが、当然のごとく女子にはもてた。女子もうらやむほど、卵の殻をむいたようにニキビひとつない王子さま顔が、今ではワイルドさが漂う色男。それでも端正な顔立ちに当時の面影は残っている。

（髭もそうだけど、輪郭がシャープになったからわからなかったのかもな……）

十年という長い歳月を経て、非の打ちどころがない大人の男へと成熟した友人に、航平はじゃっかんの寂しさを感じていた。

「お願いしたいのは当日のイベント撮影ですが、ウェブや小冊子の写真は、事前に現地でロケハンをおこなってから決めたいと思います」

徐々に打ち合わせに熱が入ってくると、航平はいつものペースを取り戻していた。一小路に依頼しているのは、来月、郊外の商店街で開催されるクリスマスイベントの案件だ。

「組合長に店舗の候補を出していただくので、商店街をメインでどうですか？」

航平がそう提案すると、一小路は同意しながらも補う意見を出してくれた。

「地域に密着したイベントだし、近隣の学校や公園とか、生活圏の写真も少しあると、地元の人たちは喜ぶんじゃないかな」

「なるほど、それはいいですね」

柔軟な発想は昔と変わらぬままで感心した。

「あの……お話し中に申し訳ありません。立花さん、少しだけいいですか？」

途中で篠原がパーテーションの陰から顔をのぞかせた。困惑した様子に、これはなにか問題が起きたなと、ぴんときた航平は一小路に断りを入れて席を外す。

「どうした、なにがあった？」

「それが、担当者と連絡はとれたんですが、大会の日時を勘違いされてて……」

伝達の行き違いがあったようで、互いに言った言わないという水かけ論となり、話がこじれて強引に電話を切られてしまったらしい。

「でも、俺は本当に間違いなく十二日と――」

「わかった。誰が正しいとか間違っているとか、この場で追及しても解決しない。客に手違いがあったとしても、気づかせずにカバーするのが営業の仕事なんだよ」

「……は、はい」

「とにかく俺から電話をいれて謝罪するよ。きちんと話せばわかってくれるはずだ」

萎縮《いしゅく》して立ちつくしている篠原に、心配するなと眉間《みけん》のしわを解き笑顔を向ける。自治会の担当者に連絡をする前に、まずは一小路に時間の有無を尋ねにいった。

「こちらの都合ですまないが――」

「あぁ、俺はこのあと仕事はないから。急ぎの作業を優先してくれてかまわないよ」

事務員がいれた緑茶を飲みながら、「茶柱が立ってる」とのんきに顔をほころばせる。

もしかしたら篠原との会話を少し聞かれていたのかもしれない。一小路のさりげない気遣いに感謝しつつ、先方に連絡をとった。

「さきほどは誠に申し訳ありませんでした」

航平が後輩社員の非礼を心より謝罪すると、担当者も大人げなかったと恐縮していた。日時の件も、結局は相手側の伝達ミスだったようで逆に謝られてしまった。

ひとまず事態は穏便におさまったが、篠原は見るからにしょげ返っていた。

「本当にすみませんでした。俺のせいで立花さんにまで迷惑をかけてしまって……」

大いに反省している篠原に、「もういいよ、気にするな」と笑顔で力づける。

「俺が頼んだんだから、責任をとるのは当然だ。きつい言い方をすることもあるが、篠原には期待してるんだよ。次もよろしくな」

うなだれている肩をぽんと叩《たた》くと、篠原は表情を引きしめて力強く礼を言った。

「お待たせして、申し訳ない」

テーブルに戻ると、企画書を読んでいた一小路は「お疲れさん」と友人口調でねぎらってきた。やはりだいたいの事情は悟られてしまったようで、気まずさから苦笑を浮かべる。

「見苦しいところを見せてしまって」

「いや、とんでもない。トラブったのは気の毒だったが、俺は個人的に嬉《うれ》しかった」

「嬉しい？」

一小路はテーブルに両腕をついて身を乗り出すと、思わせぶりな笑みをにじませた。

「まあ、なんていうか――立花はほんと変わらないなぁと思ってさ。甘いようで厳しい。それでいてやっぱり優しいよ」

思わぬほめ言葉にまごついてしまう。

「……急になんだよ」

「おまえが昔のままで、俺はすごく嬉しい」

もの静かな顔で冷めた茶を味わっている一小路は、過去を振り返り感慨に浸っているようだ。航平は胸の奥をチクリと刺されたような気になり、なにも言えずに顔をうつむかせる。

高校のときは立場的に強がることが多く、それでも一小路にだけは弱音を吐けた。今になって思うと、気負いのない一小路が航平の本音をそれとなく引き出してくれていたのだ。

そして同時に、決して誰にも吐き出せない重苦しい熱を、航平は胸の中に秘めていた。

一小路に対して抱いていたその感情を、なんと呼べばいいのか当時はわからなかった。再会した今でもわからない。ただ、もう蒸し返したくはなかった。

「それでは、ロケハンと合わせて次回の予定が決まりましたら、こちらから連絡します」

打ち合わせが終了して航平が立ち上がると、一小路も「お願いします」と席を立った。

始終、自然体だった一小路は、航平ほど過去を気にかけてはいないのだろう。来るもの拒まず去るもの追わずの一小路が、ある日を境に離れていったクラスメートなど気にとめていなくて当然だ。こだわっているのは自分だけなのだと考えると、なんとなく気分が沈んできた。

「そうだ立花、今夜はなにか予定がある？」

営業所の出入り口まで見送りにいくと、思い立ったように一小路がそう訊《き》いてきた。

「予定とは——」

「もしよかったら、今日飲みにいかないか」

軽いのりでさらりと言われて、すぐに返事ができなかった。とくに予定はなかったのだが、十年ぶりに会ったその日にふたりだけで飲みに行くのはいささか抵抗があったのだ。

「悪いけど、今日はちょっと先約があって」

後ろめたさを感じながら断ると、一小路は「いいよいいよ」とあっさり了承した。

「いきなり言われても困るよな。もしかしてさっきの後輩くん？　仲よさそうだったし」

接待やつき合い酒も多いほうだが、そうじゃないと言うと一小路は素早く察した。

「ああ、ごめん。そっか、デートの約束か」

「いや、彼女はいないから……」

すると一小路は「へえ、意外だなぁ」と目を丸くした。言う必要のないことまで正直に話してしまったと、体裁が悪くなる。おそらく彼には恋人がいるのだろう。

「これ、俺のマンションの電話番号。気が向いたらいつでもかけてくれ。せっかく出会えたんだから、今度一緒に飲みに行こう」

「そうだな、ぜひ」

渡されたメモをとりあえず受け取ったが、かたちだけの口約束だろうと思えた。

「今日は会えて本当に嬉しかった」

じゃあ、と片手を上げてドアから出ていこうとする一小路に、航平は「ありがとうございました」と深々と腰を折る。いくら旧友でも最後は営業マンとしてきちんと挨拶《あいさつ》したかった。

その矢先、くすっという笑いが頭上に降ってくる。

「立花はほんと立花だなぁ……」

どことなく憂いを帯びた声。髪の毛になにかがふれる感じがして頭を起こすと、すでに一小路は背を向けて通路を歩いていた。窓から差し込む晩秋の陽光に、航平は目を細める。

すらりとしたシルエット。細身でも肩幅はありスタイルもいい。大きな歩幅でゆっくりと歩く男の後ろ姿が十年前を彷彿《ほうふつ》とさせる。

(――だったら、おまえは変わったたっていうのかよ……)

胸中に刺さった棘《とげ》のようなものが、ふたたびチクチクと痛みだす。ともすれば無視できそうなわずかな痛みだが、徐々に痛みを通り越して疼《うず》くような熱へと変わる。

(どうして今になって……)

なにかの拍子に一小路を思い出すことはあっても、こうまで意識が奪われて気持ちが引きずられたりはしなかった。劇的な再会を果たして、忘れていたはずの思い出や封印していた重苦しい熱が、よみがえってきたということなのだろうか。

一度も振り返らない男が、通路の角を曲がって見えなくなるまで、航平はその場を動けずにいた。

（ほんとまいった……）

＊＊＊

航平と一小路は高二のときにクラスが一緒になったのだが、最初は一小路に対してあまりいい印象を抱いていなかった。人当たりはいいが、どこか調子がよくて目立つ男に、自分にはないゆるさを感じていた。

ふたりが親しくなったきっかけは高校の剣道場だった。放課後、部活の練習中に何度か一小路の姿を見かけていて、その日は航平から声をかけたのだ。

「おまえ、同じクラスだよな。見学か？」

剣道着姿の航平が、むっつりした顔でそう尋ねると、一小路は一瞬驚きながらも、目を細めてやわらかい表情となった。

「なんだ、気にかけてもらえてたんだ」

まともに話すのはこの日がはじめてだったのに、馴《な》れ馴《な》れしい態度。

普段なら試合稽古《けいこ》に集中して周囲など目に入らないのだが、そのときは航平だけが剣道場で遅くまで居残っていて、一小路とふたりきり。気にならないわけがない。

「で、なに？　おまえ剣道が好きなのか」

「好きだよ」

まっすぐな目で即答する。

どう見ても経験者には思えなかったが、同じ剣道好きとして悪い気はしなかった。

「入部したいんなら、監督に話してやるよ。うちはハンパなく厳しいから、初心者はまず続かないだろうけど、好きなら歓迎する」

そう言うと一小路は、顔一面に喜びをあらわにして、「ありがとう」と笑みをこぼした。

その無防備な笑顔に航平は思わず目を奪われた。もっとすかした男だと思っていたのに、飾り気のない姿で印象ががらりと変わった。

「気持ちは嬉しいよ。でも残念ながら運動は苦手なんだ。汗をかくのも嫌いでね」

「おまえ……基本がだめだな」

呆《あき》れて渋い顔をすると、一小路はおかしそうに笑いながら「まあまあ」となだめた。

「剣道は見て楽しむだけでじゅうぶんなんだ。それに俺にはこれがあるからさ」

両手でカメラのようなものをかたどると、航平の顔に向けた。カシャッ、と口で言いながらシャッターを切るまねをされて、より眉間にしわを寄せる。やっぱり変なやつだ。

「これでもいちおう写真部なんだ」

写真にはあまり興味はなかったが、どんなものを撮ってるのかと訊いてみた。

「見たいなら、今見せるよ」

一小路は肩からぶら下げたデジタルカメラを手にした。なんだ、本物を持ってるじゃないか。軽量型のデジカメと違い、やや大きめの本格的なカメラだ。おそらく一眼レフだろう。

「すごいな」

航平が頭を寄せてのぞき込むと、撮りためた写真データを何枚か見せてくれた。

子犬のスナップ写真。数匹がじゃれ合っていたり、ボールをかんでいたり、あくびをしていたり。愛くるしい姿のオンパレードだ。

実は航平は小動物が大好きで、家で飼っている豆柴犬《まめしばいぬ》を溺愛《できあい》していたのだ。

「プリントしたものは？」

「あるよ。見たいなら今度持ってくる」

「見たい」

言葉の弾みでそう言ったものの、なんとなくばつが悪くなり、稽古があるからと素っ気ない態度で背を向けた。一小路はしばらくその場にいたが、写真を撮る様子はなかった。

後日、一小路に呼び出されてプリントした動物写真を見せてもらった。どれもがたまらなく見るものを引きつける写真だった。航平は写真に関しては素人だが、この写真を撮った者がとても動物が好きで優しい人であることは容易に想像がついた。

ただ本人を前にして、感想をそのまま口に出すのは照れがあり、自宅で豆柴犬を飼っている話をした。そうしたら一小路が興味をもち、遊びに来たいと言い出したのだ。

それから何度かプライベートで会い、ふたりの距離が急激に縮まっていった。

犬と遊んでいる最中にいきなり頭をぐりぐりとなで回されて、「こっちも手触りいいな」と笑われたときはびっくりした。

ほかの者にからかわれたのならカチンときただろうが、一小路だとまあいいかと許せた。学校では見せない人なつこい笑顔を向けられると、わけもなく鼓動が速まった。

クラスで一目置かれている一小路を、独り占めしているようで気分がよかったのだ。

「立花はいつから剣道をやってるんだ？」

一小路はあまり自分の私生活を話したりはしなかったが、航平のことは知りたがった。

「小学生のときは祖父《じい》さんに習ってたんだ。部活に入ったのは中学からだよ」

「おまえの強さは筋金入りだもんな」

「それはどうかな。でも、好きなことでは負けたくないんだ。一小路はプロのカメラマンを目指したりとかしないのか？」

一小路は写真部だったものの、コンクールには興味がなく、いわゆる幽霊部員だった。それでも彼にはプロになれるだけの才能があると、航平はそう感じていた。

「う〜ん、そうだなぁ。俺は自分が好きなものを好きなときに撮れれば満足だから。今のところ仕事にしたいとかは考えてない」

「そうなんだ……。なんかもったいないな」

残念がる航平に一小路は、「夢とか、熱くなるのは俺の柄じゃないから」と茶化《ちゃか》す。

「けど立花はすごいよ。目標に向かって努力できるのって、それだけで俺は尊敬する」

航平はクラブの中でも数少ない有段者で、大会では常に好成績をあげていた。文武の両立を目指して、親と学校からの期待にも応えようと、かなり無理をしていた。

そんな航平に一小路はある日、「おまえはいつもちゃんとしてるよな。でもたまには力を抜いて楽にすればいいのに」と肩を叩いた。

その瞬間、航平はすっと気持ちが軽くなり、心の中でそうかと悟った。こいつの前ではもう無理をしなくてもいいんだと――。

無責任に思えそうな励ましも、一小路に言われると不思議と重みがあった。口にはしないだけで、彼には彼なりの葛藤《かっとう》があるのだろうと、ときおり透けて見えたからだ。

一小路が撮った写真は温かく、優しさに包まれたものが多かったけれど、航平が知るかぎり、なぜか人物写真が一枚もなかった。

「そうだ、今度さ、俺の写真を撮ってくれよ」

そう頼んだのは好奇心からだった。一小路が撮った写真に、自分はどんなふうに写るのだろうか。知りたいと思ったのだ。

けれど一小路は珍しく困った顔で言った。

「……ごめん。人は撮らないんだよ」

「なにか理由でも――」

「あぁいや、とくに理由なんてない。人を撮るのは難しいし、俺はまだそこまでの域に達してないから」

いつもの明るい調子でくしゃりと笑う。

一小路と親しくなる前なら気づかなかったかもしれないが、航平はそのとき彼の中で『撮らないと決めた原因』が、なにかあるのではないかと察した。

だからこそ一小路が、今は商業カメラマンとして活躍しているのは純粋に嬉しかった。

本人にあらたまって伝えたことはないが、一小路がいつか写真家になればいいのになと、航平は前からひそかに願っていたのだ。

彼にどういった心境の変化があってプロになったのか。今さらながらに、自分が知らない一小路の空白の十年がとても気になった。もっともっと、いろんな一小路の顔を見たかったし、知りたかった。できれば自分のことも知ってほしかった。

でも、距離を置いたのは航平からだ。彼の近くにいるのがつらくなって逃げだした。一小路も追いかけてはこなかった。

もし、疎遠にならずにずっと友人としてつき合っていたら、どうなっていたのだろう。

――いや、そもそも俺は本当に一小路と友人になりたかったのか。

航平は高校生のとき、一小路に対して友情とは違う、特別な想いを抱いていたのだ。

＊＊＊

一小路が指定した店は大通りから少し入り込んだ、創作洋食のダイニングバーだった。煉瓦《れんが》造りの壁にはアイビーの葉がからみ、風情のある建物の前で航平は尻込《しりご》みした。

（たかが男ふたりで飲むだけなのに、どうしてこんなお洒落な店に――）

待ち合わせの時間になっても一小路の姿が見えないので、少し心配になってくる。

電話があったのは数日前のことだ。航平が連絡するのをためらっていると、一小路から「いつならあいてる?」と、具体的な都合を訊いてきたのだ。

先日は戸惑いが先立って断ってしまったものの、実のところ航平は一小路に飲みに誘われてとても嬉しかった。けれど浮かれている裏側に、やめておけと警告するもうひとりの自分がいる。脳裏で危険を知らせる警鐘が小さく鳴り響くのだ。

もう二度とあのときのようなやりきれない思いはしたくない。するつもりもない。ただ、今は高校生ではないのだから、大人として割りきったつき合いができるはずだ。

（大丈夫、きっと大丈夫だ……）

そんなおり道路の前方から、すらりと背の高い、ブラックスーツ姿の男性が現れた。

夕方だというのにサングラスをかけ、見るからに一般サラリーマンとは異なる華やかさで、人ごみの中でも際立っている。通りすがりの女性ふたりが、「ねぇ、誰？　芸能人？　すごく格好いい」と話しながら男を振り返っているのが聞こえた。

その男が細身のパンツに片手を突っ込み、「よお」とモデルさながらこちらに歩いてくる。

遠目には黒に見えたが、男のスーツは光沢のあるミッドナイトブルーだった。ネクタイはしておらず、シャツのボタンは外れていて、首もとにはハードなネックレス。

（それ、飲み会にくる服装か……？）

芸能人やミュージシャンでさえ着こなすのが難しいような超ハイレベル。それなのに、一小路はなんなくと自分のものにしている。

「悪い、遅れた」

目の前まできてサングラスを外した男の顔は、無精髭がなくつるっとしていた。

「髭そったんだな」

「ハクをつけようかと思ったんだが、整えるのも意外と面倒くさくてな」

髭面もギャップがあってよかったが、今のほうが端正な甘い顔立ちが引き立っている。

「今日は……前とずいぶん感じが違うから、ちょっと驚いたよ」

「知り合いのギャラリーに寄ってきたんだ。オープニングパーティに呼ばれててさ」

「ああ、それで――」

キメキメなのかと納得がいった。

ほどよく着崩したラウンジスーツは、一小路にとてもよく似合っていて、ついつい見入ってしまう。こういう男こそ本物のハンサムというのだろうと、あらためて実感する。

「それに、立花と渡り合うにはこれぐらいでちょうどいいだろ。おまえ男前だから」

からかうような顔でにやりと笑われると、どういうわけかどぎまぎした。

「……わざとらしいぞ」

仕事帰りの航平は、シンプルなライトグレーのビジネススーツだ。渡り合うどころか、見劣りしているのは自分のほうだろう。

「さてと、ここで立ち話をしていてもはじまらないから、中に入ろう」

ギャルソンスタイルの男が出てきて、人数と喫煙の有無を確認してくる。一小路が「吸う？」と訊いてきたので、「俺は吸わないけど、おまえは——」と続ける前に返答していた。

「では、禁煙席で」

「かしこまりました。ご案内いたします」

移動の途中で女性客の視線を痛いほど感じたが、一小路はそれをきれいに無視していた。店内は外国のバーのような内装で、テーブルやソファのセンスもよく、広さにゆとりがある。

「煙草《たばこ》、一小路は吸うんだろ。悪かったな」

「気にするなって。誰だって分煙されてる場だと、禁煙者に合わせるもんだろ」

当たり前のようにそう言うが、今まで航平の周りだと喫煙者に合わせるのが当然の風潮だった。こういう思いやりというか優しさは、前からまったく変わってなくて嬉しかった。

「この店、よく来るのか？　なんか、いつもお洒落な店で飲んでそうだよな」

「そうでもない。今日は特別だから」

なにが特別なのかと思いながらも、ワインと生ビールが運ばれてきて乾杯すると、食い気のほうに意識が向いてしまう。

ムール貝のハーブマリネに、マグロと真だこのカルパッチョは文句なしにうまかった。

「俺なんか、だいたい居酒屋ばっかりだよ。どんな店行っても生ビールだし、もう若くないなぁと思う」

しみじみとした口調でぼやくと、一小路は「わかるわかる」と含み笑いで同調した。たとえ十年のブランクがあろうとも、話しているうちに高校時代ののりが戻ってきた。

「会社員と違って、フリーは大変だろ？」

「まあな。ただ、俺の場合やむを得ずだから。どうしても組織になじめなかった」

「そうか……一小路でも弱点はあるんだな」

「そりゃあるさ。俺は弱点だらけだ」

一小路は専門学校を卒業後、写真事務所でアシスタントとして勤務していたが、肌に合わず辞めてしまったようだ。その後、アルバイトをしながら写真の仕事も続け、ネットショップの商品を撮影するようになり、ようやくカメラだけで食っていけるようになったらしい。

「ブッ撮りのおかげで、劇的にアイロンがけがうまくなったよ。今度、おまえのシャツもかけてやる。感動するぞ～」

ショップから送られてきた洋服を撮影する前に、自らアイロンをかけているのだ。

「へえ……カメラマンも大変だなぁ」

「そっちこそどうなんだ、仕事」

「ああ、俺もなんとかやってるよ。根っからの体育会系だからか、労働が過酷なほどやる気になるから困る」

変わってないなぁと、一小路は失笑する。

航平は大学を卒業後、今の会社に就職したのだが、入社四年目となった今では、さまざまなイベントを企画して成果をあげていた。遊園地でのキャラクターショーに、納涼祭。披露パーティにデパートの抽選会など。

スタッフと力を合わせて、ひとつのことを成し遂げたときの達成感は言葉にならない。

「立花は責任感が強いし、人徳もあるから、今の仕事に向いてるよ」

「……一小路にそう言われると、なんか照れるな」

たとえお世辞だとしても嬉しくて、耳の後ろがこそばゆい気分になった。

「――それで剣道はもうやってないのか」

「いや、なるべく時間を作って近場の道場には通ってる。月に数回だけど」

「よかった……。まだ続けてるんだな」

一小路は自分のことのように、嬉しそうな顔で「ほんとよかった」と繰り返した。

安心して満ち足りたようなその笑顔を見ていると、急に胸の奥が甘い、それでいて締めつけられるような感覚に襲われた。

(どうしてそんな顔で笑うんだ……)

懐かしさと、なんとも言いようのないせつない気持ちがあふれ出して、苦しくなる。

続く言葉が見つからず黙っていると、唐突に一小路の腕が目の前に伸びてきて、髪の毛をぐしゃぐしゃとかき乱された。航平はされるがまま動けずにいた。

「えっ……いきなりなんだよ？　なんかついてたか」

「今のさわり心地はどうかと思って」

いたずらが成功した子供のように笑う。

まさかこの歳になってまで頭をなで回されるとは――。予想外すぎて動揺してしまう。

「おいおい、こんな場所でやめてくれよ。これでもいちおうセットしてるんだからな」

丁寧に髪型を直すあいだも、一小路は楽しげにくすくすと笑っている。店に来るまでは身がまえていた航平だったが、冗談がほどよい酒の肴《さかな》となり、場を盛り上げてくれていた。

「懐かしいなぁ、この感じ」

一小路は過去をかみしめるように口にした。航平も同じ気分だった。

(本当に懐かしい……。十年前に戻ったみたいだ)

しばらく心地よい沈黙がふたりを包み、ワイングラスを片手にした一小路が、まるで天気の話でもするかのように切り出した。

「おまえさ、あのころ好きだったろ」

なんのことかわけがわからず、数秒のあいだ無言で目をしばたたかせる。

「なにが?」

「だから高校のとき、クラスメートとしてじゃなく、もっと違う意味で好きだったよな」

頭の中が真っ白になった。体から血が急激に下がっていくのを感じた。

「今さら蒸し返すのは反則かもしれないが、実はずっと気になってたんだ。あぁ、おまえに悪いことしたなって……」

思考回路は完全にストップしているのに、心臓は激しさを増して胸を突き破りそうだ。

——まさか、気づかれていたなんて。

「な、な……な」

いったいなんのことだと、笑い飛ばしたくても、喉《のど》の奥がカラカラで声が出ない。

「もう昔のことだし、大丈夫かと思ったんだが……。思い出したくなかったか?」

恐縮した顔で言われると、悪いのは自分なのにと罪の意識で胸が痛んだ。

「いや……それは」

言いわけも否定もできず、とにかく落ち着けと言い聞かせながら、震える手でグラスを持ちビールをゆっくりと喉に流し込む。

「――いつから……気づいてた？」

「本当のことというと、当時からもしかしてとは思ってたんだ。なんか、意識してる感じがしたからさ。あの一件があって――」

追い込まれて航平は息をのんだ。このタイミングで話題にされるのはかなりきつい。

「あれからだよな、おまえが俺を避けるようになったのは」

一小路の顔がまともに見られなくて、うつむいて両方の拳《こぶし》を強く握った。

（だからって、どうして今になって……）

気づいていたならなおさらだ。最後まで知らないふりをしてくれたらいいじゃないか。

一小路がいったいなにを考えているのか、航平は本当にわからなかった。

「俺は立花に――謝りたかったんだ。あの件でおまえをひどく傷つけたんじゃないかと、あとになって後悔したよ」

薄い微笑みを浮かべていたものの、その目には翳《かげ》りがあった。

なるほど、そういうことかとようやく理解した。一小路は哀れんでくれているのだ。彼らしい気遣いだけれど、今の航平にとってはいっそう苦しいだけだった。

一小路がいう『あの一件』とは、まさに航平が彼と距離を置くようになったきっかけのできごとだ。高校二年のバレンタインデーの日。

航平は用事があって、昼休みに一小路を捜していた。そしてたまたま裏庭で、見てはいけないものを目撃してしまったのだ。

一小路とクラスメートの女子がキスをしていた。その彼女と一小路がつき合っていたかどうかは知らないが、とにかくふたりは甘やかなキスを交わしていたのだ。

航平はショックで体が硬直して動けなかった。立ちつくす航平に気づいたふたりは、うろえた様子で体を離した。互いに気まずそうな顔をしていて、ようやく我に返った航平は裏庭から駆け出した。胸が張り裂けそうだった。

一小路にふざけて抱きつかれたり、頭をなでられたりすると、決まって甘酸っぱい熱と疼きがわき上がった。笑顔を向けられるとドキドキしたのも、彼が好きだったからだ。

その特別な友人を女子に奪われたような、たまらない嫉妬心《しっとしん》がわき上がった。一小路への独占欲が一度に爆発してしまったのだ。ふたりの仲を応援する気になんてなれなかった。まさかこんな卑しい気持ちが自分の心の中に息をひそめていたなんて――。

航平は自分が許せなかった。もし本人にこのどろどろした胸の内を悟られたら、絶対に軽蔑《けいべつ》されるに違いない。一小路にだけは嫌われたくなかった。

これ以上、姿の見えない魔物のような衝動に支配されるのが怖くて、航平は自分の本心から、そして一小路からも逃げたのだった。

　あれから十年――。

「……そうだな、好きだった……」

　体内から淀《よど》んだ熱を吐き出すように、深呼吸をして告げた。もうこれで本当に終わりにしたかった。過去にこだわり引きずるのも、自分の気持ちから逃げるのも。

　一小路が沈んだ声で「そうか」と押し黙るので、航平はことさら明るい笑顔を向けた。

「でも、おまえが言うとおり昔の話だ。俺が勝手に好きになっただけだから。一小路が気にして謝るなんて、逆におかしいだろ」

「立花……」

「その好きも友情だったのか、もっと違うものだったのか、自分でもわかってなかったんだ。ほら、思春期によくあるだろ？　だからできれば、なかったことにしたい」

　頼むよと、顔の前で両手を合わせる。

　つとめて明るくふるまう航平を、一小路はなにかいいたげな複雑そうな顔で見ていた。

　ここで航平が暗く神妙になればなるほど、一小路だって気分が重くなるに違いない。責任を感じるだろう。彼に余計な負担をかけたくなかった。

「立花はそれでいいのか」

　探るような目で問われると、胸がツキンと痛んだが、ほかにどうしようもなかった。

「ああ、いいよ。おまえのことを好きだったのは本当だけど、今はもう――」

その直後、一小路はびっくりしたような顔で目を瞠《みは》り、「俺を好き?」と呟《つぶや》いた。

「えっ」

「今、俺を好きって言ったよな。立花が好きだったのは――秋川《あきかわ》じゃなかったのか。俺はそのつもりで話してたんだけど……」

頭の中がふたたびパニック状態になる。秋川は一小路がキスをしていたクラスメートの女子だ。航平は今になってとんでもない勘違いをしていたのだと気づかされた。

「ま……マジ……かよ」

全身からぶわっといやな汗がふき出して、火がついたように顔が熱くなる。

「おい、真っ赤だぞ」

冷やかすような言い方で突っ込まれて、もうこの場から消えてしまいたかった。

たしかに秋川とは仲がいい時期もあったし、常識で考えれば彼女にこっそり想いを寄せていた、というふうにとるのが普通だろう。

それなのにあろうことか、自分から一小路を好きだったとばらしてしまうなんて――。

「大バカだ……」

あまりの恥ずかしさで頭を抱える航平を、一小路はどこか面白がった顔でじっと見ていた。動じない態度がさらに航平をいたたまれなくさせた。

「そっか、それなら話は簡単だ。俺は男でも偏見ないから」

「はっ？」

一小路は長い足を組み、謎めいた微笑みをにじませている。

「立花が今でも俺のことを好きなら、いいよ、つき合っちゃおう。俺もフリーだからさ」

軽く言われて顎《あご》を落とした。

「な、なに言って……そんなのできるわけないだろう！」

ふざけてんのか、と航平は思わず大きな声を出していた。周囲の客たちが注目する。

それでも一小路はしれっと続けた。

「ふざけてなんかないさ。俺は立花を気に入ってるし、おまえならいいと思ったから提案してるんだ。男同士でも可能性があるなら、試してみる価値はあるだろう？」

なんだか違和感を覚えて、頭の中がもやもやしてきた。いくら一小路がポジティブ思考だとはいえ、『試す』という言葉が妙に胸の奥に引っかかったのだ。

「興味本位とかなら、俺は断る。それに今は――」

「そうじゃない。立花は忘れてほしいと言ったが、俺はおまえの気持ちをなかったことにはできない。したくないんだよ」

強い口調で言いきられてはっとなる。冗談半分の悪のりで、つき合おうなんて言い出したのかと思っていたら、一小路の目はこれ以上になく真剣だった。

「さっき立花言ったよな。どういう好きなのか、自分でもよくわからなかったって」

「あぁ……言った」

「だったら、知りたいと思わないか？　友情なのか恋愛感情なのか。つき合ってみれば、わかるかもしれないだろ」

「それは――」

たしかに道理にはかなっている。ただ、どういうわけか、誘導されているような気になってしまうのはなぜだろう。どうして今日にかぎって、一小路はこんなに食い下がってくるのだろうか。むしろそういうタイプではなかったはずだ。

「けどまあ、立花がいやなら無理にとはいわない。俺はどっちでもいいから」

極めつけが、一小路らしいその発言。相手任せなのは前からそうだったが、ときどき急にぽんと放り出されたような、心もとない気分になるのだ。

「どうする？」

ワイングラスに唇をつけながら、挑発めいた視線を投げかけてくる。

航平は酔っぱらっていたせいもあり、ここで引き下がったら男として負ける、という的外れな負けん気がわき上がっていた。

それにもし自分がまた逃げたとしても、一小路は前と同じく追いかけてはこないだろう。

（――このまま終わるのはいやだ）

意を決して一小路を見据える。

「わかった。おまえとつき合うことにする。これからよろしく頼む」

片手を差し伸ばすと、一小路は目を大きくして「あれっ、ほんとにいいの？」と、おどけた調子で肩をすくめた。おまえから言い出したんじゃないかと、航平は少しむっとしたが、「こっちこそ、よろしく」と嬉しそうに手を握られると、情けなくも胸が高鳴った。

（単純だよな……）

とんとん拍子で思いがけない展開になってしまったが、それにしても男同士でつき合うとはなにをどうすればいいのか。よくわからないまま考え込んでいると、一小路が切り出した。

「そうと決まれば河岸を変えるか」

テーブルチェックで支払いをすませようとするので、航平が割り勘を申し出ると、「次の店はおまえがもってくれ」と言うので承諾して店を出る。

十一月ともなれば秋も深まり、夜風は冷たかった。まだ時間は宵の口だったが、外灯の少ない路地は暗く、周囲に人はほとんどいない。

「さて、とりあえずホテルでも行くか」

一瞬、我が耳を疑った。

「ホテルって、おまえ……」

「安心しろ。男同士でも入れるラブホがこの近くにあったはずだから」

にこっと笑われて目が点になる。

――ちょっと待て。どうしてそんなことをおまえが知ってるんだ。

「なんだよ、ぼけっとして。あぁ～、ホテル代のほうが高くつくと思ってんだな。そこは安いから、休憩だけなら――」

「違う！　そうじゃなくて、ど、どうしてこの流れでラブホなんだっ！」

取り乱す航平に対して、一小路は呆れた様子でやれやれと言わんばかりにため息をつく。

「あのな立花、俺たちつき合ってるんだぞ。さっき、そう宣言したよな？」

「まあ……そうだな……」

「だったら恋人同士だろ。恋人たちがやることといえばひとつしかない。セックスだ」

「……」

いや、それ以外にもたくさんあるだろうと思ったが、一小路に微塵《みじん》の照れもためらいも感じないので、言い返せなかった。航平だってもう少しムードや情緒を大切にしてきたし、まさか一小路がこんなにあからさまな男だとは思っていなかった。

（――今から一小路とラブホでセックスだと？）

自分なりに意欲を高めようと想像をしてみるものの、言いようのない恥ずかしさで頭の中が沸騰して、わあああ、と大声をあげて走り出したくなった。やはり急には無理だ。

「わ、悪いが……今日はやめとくよ。かなり俺酔ってるし、あまり自信がないから……」

「あぁ、わかった。またにしよう」

一小路は気分を害した様子もなく、さっぱりした顔で肩を叩いてくる。

「おまえがその気になったら、いつでも言ってくれ」

「その気って……」

元は友人だった男と、いつかは寝るときがくるのだろうか、という信じがたい誘惑と、その友人に恥をかかせてしまい申し訳ない、という気持ちが胸中で入り乱れる。

「じゃあ、楽しみは次の機会にとっておくとして――」

そう言いながら一小路は、航平の腕をとると路地の奥へと誘い込んだ。

「今夜はキスだけにしておこう」

目の前に影が落ちて、えっと思ったときには頭を引き寄せられて唇が重なっていた。

突然のことにまったく動けず、とっさに目をぎゅっとつぶり奥歯をかみしめてしまう。押しつけられた唇はとてもやわらかくて、誰にキスされているのか一瞬忘れてしまった。

ふいに唇が離れて目を開けると、整った男の顔が目の前にあってぎょっとする。

「い――一小路……」

「なんだよ、人形みたいだぞ。まさかいつもこんな調子じゃないだろうな。ほら、口を開けて舌を味わわせろよ」

唾液《だえき》で濡れた航平の唇を指の腹でこすりながら、一小路は潤んだ目でささやいた。

「――恋人同士のキスをしよう」

瞳の奥をのぞき込んでくる、男の目がひどく真剣で、それでいて優しい。口許にはうっすらと穏やかな微笑みが浮かんでいる。

航平が好きな表情だ。

どうしてこんなに胸が苦しいのか。言葉にならないせつなさで心臓が悲鳴をあげる。見つめ合っているだけで、時間が十年前へと巻き戻されていく感じがした。

(——やばい)

苦しさから逃れるようにして目を閉じた。同時にふたたび唇が押しつけられる。

「んっ」

舐《な》めるようにしてついばんでいたキスが、徐々に深くなる。舌先が唇を割って入ってきて、されるがまま受け止めた。

「……ふっ…」

上顎を突《つ》かれ、ぬるりと舌がからまる。角度を変えて何度も唇を吸われながら、愛撫《あいぶ》するように髪の毛をなで上げられた。口腔《こうこう》を荒らすような性急な動きに、航平も応えたいとは思うのだが、微熱があるかのように頭の芯《しん》がぼおっとして無抵抗だった。

「立花……」

貪《むさぼ》るような一方的なキスのあいまに、一小路が耳たぶにかすれた声を注ぎ込んでくる。背筋がぞくぞくして、うっとりとした気分でいると、唇が解放されて一小路が離れた。

「立花って、キスも真面目だなぁ」

「なっ……」

首筋まで真っ赤になった航平は、一気に現実に引き戻された。口をぽっかりと開けたまま唇を震わせる。それは下手だということなのか。

「お——おお、おまえがいきなりしてきたから、びっくりしたんだよっ！」

口許に拳をあてた一小路は、とても愉快そうに笑いながら「悪かった」と返す。

「でも、うん、立花らしくていいよ。すごくよかった」

「よかったって言われても……」

「そうだ、俺はこのあと仕事するから、もう帰るわ。また連絡するから、じゃあな」

急に態度を変えた一小路は、くるりと身をひるがえすと、片手を上げてすたすたと歩いて行ってしまう。路地にぽつんと置き去りにされた航平は唖然《あぜん》とする。

「——はっ？」

一小路がマイペースなのはわかっていたけれども、なんというか拍子抜けしてしまって、その場にしゃがみ込みたい気分だった。

（あいつも全然変わってないなぁ……）

立ちすくんだまま、航平は確認するように自身の唇にふれた。まだ感触が残っている。一小路の唇は男と思えないぐらいやわらかくて、舌は激しく器用にからまってきた。

熱っぽい吐息に、ぬるりとした舌ざわり。かすかに感じた煙草の香り。男っぽいキス。

（一小路とキスした……）

反芻《はんすう》しただけでふたたび気持ちが高ぶってきて、鼓動が速まる。もはや警鐘とは異なる、甘くて優しい心臓の音色が、耳の中にトクントクンと小さく響いた。

おそらくほんの数秒のキスだったが、航平は長いあいだとろけるような夢の中にいた。

男同士ではあっても、好きな相手とのキスは特別だった。心の中がその人でいっぱいに満たされて、思考が麻痺《まひ》するような感覚に、性別など関係なかった。

（どうしよう。俺、本気でやばい……）

髪の毛に妙なさわりぐせをつけたまま、航平はしばらく路地から動けないでいた。

＊＊＊

駅前の商店街で開催されるクリスマスイベントは、いわゆる町おこしの一環として、自治体から依頼された仕事だった。来月の二十四日から二日間にわたり、ライブショーやスタンプラリー、ゲームなど、さまざまな催しを企画している。

午前中に特設ステージの設営現場の下見を終えた航平は、駅前で一小路と合流した。午後からはふたりでロケハンだ。

「今日は晴れてよかったな」

カメラバッグを肩にかけた一小路は、澄み渡った青空を見上げて片手をかざす。そうだな、と同じように高い空を見上げて相づちを打つが、その心中は複雑だった。

先日のキス以来、顔を合わせるのはこれがはじめてだ。思い返すと平常心ではいられないのだが、一小路はまったくそんなそぶりもなく相変わらずの自然体。

「やっぱり、スタジオと違って野外はいいな。つい、シャッターを切りたくなる」

公園のある裏通りを歩きながら、一小路はときおり立ち止まりカメラをかまえていた。

高校のときに何度か、彼が写真を撮るところを目にはしていたが、プロのカメラマンとして撮る姿はまた格別だった。興味深く被写体を探しているあいだは気がゆるんだ感じなのに、カメラをかまえてファインダーをのぞく瞬間、ひどく真剣になる。

離れて見ているだけの航平でさえ、その場の空気が張りつめるのを肌で感じた。思わず背筋が震えて鳥肌が立つほどだ。

(――ものすごい集中力だ……)

一瞬を切りとるまでの、引き締まった顔つき。そしてカメラをゆっくり下ろしたときの、喜びを隠せない表情。その差がなんともいえずたまらない。決して本人には教えてやらないが、写真を撮っているときの一小路は、ひいき目なしに格好いい。

デジカメはファインダー機能がないカメラも多いけれど、一小路にとっては写真を撮るうえでなくてはならないものだと話した。その理由を訊いたら、一小路は気恥ずかしそうに、『ファインダーをのぞいてみないと、見えないものがあるんだ』と笑った。

それは写真を撮るのが好きな人にしか気づけない感覚だと思うが、カメラをかまえる一小路の姿を見ていたら、航平にもなんとなくわかるような気がした。

「あら、こんなところでなにかしら」

通りかかった年配の女性ふたりが、撮影中の一小路を怪訝《けげん》そうな顔で見ている。

「こんにちは」

航平が愛想のいい笑顔で事情を説明すると、イベントを心待ちにしているらしい地元住民のふたりは、自分たちも撮ってほしいと言い出した。

「ええ、もちろんいいですよ」

一小路はこころよく承諾してカメラを向けるが、路上に立つ女性たちの表情は硬い。

「そういえば、こないだ――」

いったんカメラを下げると、一小路は女性たちにフレンドリーに話しかける。

子供からお年寄りまで、幅広く人気のあるアイドルグループに会った話を持ち出すと、急にふたりの目の輝きが変わった。

「わあ、うらやましい～。うちの娘が桃井《ももい》くんの大ファンなのよ！　私は山潤《やまじゅん》だけどね」

「あらぁ、あなた前にミノがいいって言ってなかった？　私は大間《おおま》くんがいいわあ」

我先にと話題に食いついてくる。

「さすが、女性はみんな好きなんだなぁ。彼らのどういうところが魅力なの？」

ふたりは声をそろえて、「かわいいじゃないの！」と力説した。

「うん、たしかにかわいい。俺も好きだよ」

女性ふたりは少女に戻ったような顔で、アイドルグループの話題に盛り上がっている。

その様子を微笑ましく眺めながら、一小路はタイミングを見計らいつつ、ファインダーをのぞいてシャッターを切っていた。

「それでも、やっぱり一番愛してるのは――旦那さんでしょう？」

一小路がそう尋ねると、女性ふたりは互いに顔を見合わせて、ぶはっとふき出した。

「ないない！」

手を大きく振って否定するが、その顔には満面の笑みが浮かんでいる。

「……そうは見えないね」

カメラを下ろした一小路は、満足そうな顔で女性たちに「ありがとう」と礼を言った。

後日、写真を送る約束をして、女性ふたりと別れると、航平は一小路に近寄った。

「うまく撮れたのか」

プロのカメラマンに対して失礼な問いかけではあるけれど、写した写真が気になった。

「見るか？」

手にした一眼レフカメラの液晶には、最後に撮った一枚が写し出されている。

(旦那さんの話をふられたときの――)

ふたりとも顔をくしゃくしゃにして笑っていた。幸せそうな笑顔だ。

一小路が撮った人物写真を見るのははじめてだったが、思ったとおりの写真だった。

優しさと愛情に包まれた一枚。

胸の底からじわじわと熱いものがこみ上げてきて、航平はふと口にしていた。

「いい写真だな……」

一小路が無言のまま長く画面を凝視している様子から、照れている雰囲気が伝わってきた。

「それは――好きな人のことを考えているときが、誰だって一番いい顔するからな」

そんなことを言われて航平は顔を上げた。一小路と目が合い、鼓動が小さく跳ねる。

「俺はその瞬間を切りとっただけだよ」

眩《まぶ》しいような笑顔に航平は目を細める。彼もまた、喜びに満ちた微笑みを浮かべていた。

腕の立つカメラマンは被写体から笑顔を引き出すのがうまいというが、さすがだなと感服した。惚《ほ》れ直してしまいそうだ。もちろんそんなこと口にはしないが――。

「結局、夫婦愛にはかなわないってことか」

「そういうこと」

しばらく画面を見つめながら余韻に浸っていると、思い立ったように一小路が言った。

「そうだ、おまえも撮ってやるよ」

すでにカメラがこちらに向けられていて、航平は慌てて後ずさりした。

「いや、待て。俺はいいよ……」

「いいからいいから。どのみち冊子にも担当者の顔は入れなきゃいけないんだしさ」

社を代表して挨拶文も載る予定ではあるが、この流れで撮られるのは間が悪すぎる。

「なにも今じゃなくていいだろ」

「じゃあ、使わなくていいよ。俺が個人的に撮りたいんだ。ほら、そこに立って」

強引に背中を押されて、女性たちを撮った木の横に連れて行かれる。しつこくいやがるのも余計に怪しまれるかと思い、仕方なく従ったものの途方に暮れた。

(どうすりゃいい……)

——好きな人のことを考えているときが、誰だって一番いい顔するから。

そんなことを聞かされた直後に、いったいどんな顔をすればいいというのか。意識せずにはいられなくて、正面でカメラをかまえる一小路を恨めしい気分で見やる。

「お〜い、顔が怖いよ。カメラは魂を吸いとったりしないぞ。それとも緊張してる?」

言い当てられて、ぐっと言葉につまる。

「だったらさっきみたいに、気のきいたことでも言って笑わせろよ。プロなんだから」

動揺をごまかそうとして、八つ当たりぎみな言い方になってしまった。一小路は航平の心中を見透かしたような顔で、「そんなムキにならなくても」とにやにやしている。

「ムキになんかなってない」

「はいはい。そうだなぁ、立花を笑わせられたら、俺も腕が上がったことになるんだろうな。だけど今は、素のおまえを撮りたいから」

　意味ありげなことを言いながら、カメラをかまえてファインダーをのぞき込む。ひどい緊張とプレッシャーに襲われて、航平は表情をこわばらせた。

　そのまましばらく待っても一小路はなにも言わない。シャッターを切る気配もない。いい加減、早く撮れよと目をすがめた矢先、一小路はカメラを下ろして笑みをこぼした。

「オッケー、いい顔が撮れた」

　いい顔をした覚えはまったくないのだが、ドキドキしながら液晶画面をのぞき込むと――。そこに写し出されていた航平は、親の敵《かたき》でも睨《にら》みつけるような、険しい顔をしていた。

「――これがいい顔か?」

「ああ、一番おまえらしい顔してる。とっとと撮れよ、このバカ野郎、という顔だな」

「……うっ」

　まさにそのとおりで返す言葉もない。誰が見ても『好きな人のことを考えている顔』ではないだろう。それでも一小路はなぜか嬉しそうな様子で、懐かしむように言った。

「……あのときと同じ顔だ」

「あのとき?」

「剣道場ではじめて立花と話しただろ。あのとき、おまえをエアカメラで撮ったんだ」

そういえばと思い出した。一小路は『カシャッ』と言いながら、手にないカメラでシャッターを切った。そのとき彼の目に映った航平は、この写真と同じように仏頂面《ぶっちょうづら》だったのだろう。

(だからって、喜ぶのも変だろ……)

今になって急に大きな疑問がわき上がった。どうして一小路は高校生のとき、人を撮ろうとしなかったのか——。その理由はなんなのか。それとも以前本人が言ったように、実はそれほどたいした理由もなかったのか。

今ここでふれていいものかどうか迷っていると、航平の携帯電話が鳴った。相手は商店街の組合長で、このあと予定されている打ち合わせについての連絡だった。

「ええ、こちらこそありがとうございます」

仕事の電話に中断されて、疑問は訊くことができないまま、うやむやになってしまった。

ロケハンが終われば現地で解散するつもりだったが、一小路が「よかったら、俺も参加させてほしい」と言うので、会議所での打ち合わせに同席してもらった。

職人気質《かたぎ》のカメラマンの中には、話し合いに消極的な者も多いのに、一小路はすぐに場に溶け込んだ。とくに商店を経営する熟年女性にうけがよかった。おかげでいつも以上に和やかなムードで打ち合わせは終了した。

「今日はおまえがいてくれて助かったよ。帰りの車まで便乗させてもらってすまない」

駅前の駐車場に停めた車の中で、あらたまって一小路に礼を言った。

「なんだよ、ずいぶん他人行儀だな」

苦笑をにじませながら、助手席に座る航平にちらりと目を向ける。荷物を多く積めるトールワゴンは、一小路が所有する車で仕事にも使っていた。

「このあと、晩飯おごってくれるんだろう。だったらそれでチャラにしよう」

「今日のおごりは前の借りがあるから当然だ。また今度、ちゃんとお礼をするよ」

「相変わらずきっちりしてるなぁ。でも、そういうまっすぐなところが俺は——」

言いかけて途中でやめると、だしぬけに腕を伸ばしてくる。間一髪のところでよけた。

「おっ、生意気に学習したな」

「おまえ……さわるなって言っただろ」

案の定、髪の毛をいじるつもりだったのかと呆れながら、しかめっ面で抗議する。

「いいだろ、ちょっとぐらいべたべたしても。ふたりきりだし、仕事は終わったんだから」

「は？　べたべたって——」

一小路は顔を近づけると、「これからは恋人たちの時間」と甘い声で片眉《かたまゆ》を跳ね上げた。

「バ、バカ、なに言って……」

よくそんなことを真顔でさらりと言えるなと、聞いてるほうが赤面しそうになる。

「まあまあ、恥ずかしがらなくていいから」

からかい口調で言いながら、ハンドルを握る一小路はゆっくりと車を発進させた。

あきらかに面白がってる様子に航平は、「調子に乗るな」とはねつけて窓のほうに向いた。朱に染まった情けない顔を一小路に見られたくなかった。

(マジでたち悪いぞ……)

つき合いだしてから、一小路は必要以上に恋人アピールをしてくるようになったのだ。なにかにつけて、『俺たちつき合ってるんだから』『もう友達じゃなくて恋人だろ』と口にしてはスキンシップを許ろうとする。

航平にしてみれば悪い気はしないものの、ときどきそれが不自然に思えてしまう。考えすぎかもしれないが、もしかしたら一小路は航平の期待に応えようと、無理して恋人役を演じようと努力しているのではないかと――。

もしそうなら、心地よい夢から容赦ない現実に一気に引き戻されたような気分になる。前に一小路が『友情なのか恋愛感情なのか。つき合ってみれば、わかるかもしれないだろ』と言ったが、彼とのキスで航平は自覚した。これはまぎれもなく恋愛感情だ。

今でも一小路とのキスを思い返すと、甘やかな余韻が胸に広がり、動悸《どうき》がする。

ほんの少しふれられただけで、得体の知れない熱が体中を支配して、自分が自分でなくなる感覚におちいってしまう。

だからこそ、邪《よこしま》な想いがあふれ出ないよう、今までどおり接しようと心がけていた。写真を撮られたとき、険しい顔になってしまったのも、気持ちを隠そうとする反動だったのだ。

（重荷だと思われたくない……）

鼻歌を歌いながら運転している一小路のとなりで、航平はなんとなく気分が沈んできた。

ほどなくして、一小路が行きつけであるというショットバーに着いた。ショットバーといっても、本格的なアイルランド料理が楽しめるグルメバーらしい。

「へえ、新宿《しんじゅく》の裏通りに、こんな店があったとは――。すごく雰囲気のあるバーだな。一小路はほんとお洒落な店ばかり知ってるなぁ」

「若いころはよくこの界隈《かいわい》で飲んでたからな。でも久しぶりに来たよ」

「若いころって……成人前じゃないだろうな」

背の高いスツールは落ち着かなくて、尻をもぞもぞさせていると、後ろの男性客と目が合った。にやついた顔でこちらを見ている。

（なんなんだ？）

今夜の一小路はごく普通のカジュアルファッションで、航平も地味なスーツ姿だ。注目の的になる原因はないはずなのに、店内の客の多くがふたりをじろじろ見ていた。

一小路がまったく気にとめていないので、航平は釈然としないながらも、運ばれてきたジンジャーエールと料理に箸《はし》を伸ばした。

「俺に気を遣わずに、立花はビールを頼めばいいのに」

「いや、いいよ。今夜は飯だけで」

一小路は車の運転があるのでアルコールを控えている。それに帰りは航平のマンションまで送るからと、断っても押し切られてしまったのだ。いくら支払いは航平がもつとしても、自分だけ飲むわけにはいかない。

「——そういえば、一小路は本当に剣道が好きだったんだな。所長に聞いたよ」

ボリュームのある料理で腹を満たしたのち、航平は気になっていた一件を思い出した。

「岩倉さんが、なにか?」

たまたま航平は岩倉と一緒に昼食をとる機会があり、一小路の話題になったのだ。

岩倉と一小路は以前から何度も飲みに行っていたようで、酒の席で岩倉は『うちの営業所に剣道でインターハイまでいったやつがいる』と自慢したらしい。そしたら一小路が妙に興味をもち、『俺も剣道は大好きなので、ぜひその人を紹介してほしい』と頼まれたという。

ちょうど社内でも新規の外注カメラマンを探していたので、岩倉はこころよく返事をして、航平を担当につけたのだ。

「ああ、その話か。試合を見るのが前から好きなんだ。あの緊迫感がたまらない」

「たしかによく来てたもんな」

航平が出場する試合には、ほとんど応援に来ていたし、部活もよく見学に来ていた。

「それにあの岩倉さんが、営業所きっての有望株だとほめたたえるから、どんな男だろうと思ってさ。まさかおまえだとは――」

おかしそうに一笑する一小路に、航平は「そりゃ驚くよな」と苦笑を浮かべた。

過去を懐かしみながら、だからかと納得がいく。一小路が親身に部活の相談にのってくれたり、今でも剣道を続けているのを喜んでくれたのは、彼自身が剣道を好きだったからだ。

「さてと、じゃあそろそろ帰るか」

「そうだな」

航平がレジで支払いをしていると、またしても周囲の客から舐めるような視線を感じた。さすがにいい心地がしない。振り返って男たちを睨みつけると、一小路が近づいてきた。

「やめとけ、余計にあおるだけだぞ」

航平の肩を抱いてやんわりといさめる。それもそうだなと、そのまま受け流して店を出ようとしたら、客たちが口笛を吹いたりブーイングしてきた。

呆気《あっけ》にとられたものの、一小路は「やっかみだから気にするな」と得意顔。まったく意味不明だったが、なぜか一小路の機嫌はいいので水を差すのはやめた。

新宿から航平のマンションまでは車で三十分ぐらいだ。大学のときから独り暮らしをしていて、一小路が住むマンションともそれほど距離は離れていない。

やがて自宅マンションが見えてきて、一小路は車をエントランスの前に横づけさせた。

「ありがとう。今日は本当に助かったよ」

「それ、耳にたこができそうなぐらい聞いたぞ」

辺りは夜のとばりに包まれて真っ暗だ。月明かりと外灯に照らされた木々の葉っぱが、風に吹かれて大きくゆれている。

「帰りの運転気をつけてな。おやすみ」

助手席のドアを開けて出ようとしたら、「立花、待って」といきなり腕を引っ張られた。言われたまま振り返ると、突然、唇をかすめとるようなバードキスをされる。

「……っ」

隙《すき》をついて唇を奪われ、航平は呆然として「なんで?」と手の甲で口を押さえた。

「おやすみのキス」

にっこりと微笑まれて、徐々に頬《ほお》が熱くなってくる。別れ際に不意打ちのキスなんて、まるで本当に恋人同士みたいじゃないか。

「お、おやすみのキスって……、やめろよ、女じゃあるまいし」

「それは、立花らしからぬ発言だな。キスするのに男も女も関係ないだろう」

「それはそうだが――」小路は俺とつき合うようになってから、やたら優しいし、甘やかそうとするし、女扱いしてるじゃねえか」

照れくささと歯がゆさもあって、普段なら胸中に隠しているジレンマを、つい口からぽろりとこぼしていた。すると一小路は珍しく眉根を寄せた。

「おまえを女扱いなどしてないよ。俺はただ、恋人扱いしてるだけだろ」

らしくない強い口調できっぱり否定する。

航平はまたそれかと、後ろめたさで胸の奥が痛んだ。気持ちがかみ合ってない気がする。

一小路はいつでもマイペースで、なんでも適当に器用にこなせる男なのに。こんな余裕のない意固地な目をさせるほど、追いつめているのかと思うと、申し訳なかった。

「恋人、恋人って……。普通の恋人たちは常に確認しあったりしないと思うぞ。そういうのが違和感あるっていうか――」

「立花」

一小路はため息まじりに身を乗り出した。

「頭で考えようとするから難しくなるんだ。誰だっけ、なにかの台詞《セリフ》であったろ？　考えるんじゃなくて――感じろって」

なっ？　と表情をゆるめると、そのまま覆いかぶさってきた。強い力で肩をシートに押しつけられる。唇がふれ合う距離で顔をのぞき込まれ、航平の胸は破裂しそうだった。

「い、一小路……」

「だから……心で感じればいい」

かすれた声と熱っぽい息を耳朶《じだ》に注がれる。

「――んっ」

無意識に顎を上げて一小路を受け入れる。唇がふれた途端、なにも考えられなくなった。とろけるようなキス。やわらかい唇。

「ふっ……」

航平も自ら積極的に舌をからめた。角度を変えながら互いに夢中になって求める。息をつく暇もなく口腔を荒らされ、舌を舐め合っているうちに、体の力が抜けていく。

「は……ぁ……」

薄く開いた唇から吐息がもれる。甘酸っぱい高揚が胸のやわらかい部分から染みだして、全身へと広がっていく。心地よい甘い口づけに身を委《ゆだ》ねていると、いつの間にか下腹部を、布越しにやんわりとなで回されているのに気づいた。航平は瞠目《どうもく》する。

「んんっ、…やめっ…」

顔をそむけてキスから逃れたものの、体重をかけられているので腰が動かせない。

「ちょ…なに、待てって」

一小路は航平の首筋に舌を這《は》わせながら、執拗《しつよう》に下半身の前をもみしだいた。ダイレクトに伝わる刺激に戸惑いつつも、敏感な場所が少しずつ反応の兆《きざ》しをみせる。

（や、やばい……）

下肢の中央にただちに熱が集まっていく。

「……立花……」

ひどく甘い声で名前を呼ばれて、ぞくぞくとした淫《みだ》らな蠢動《しゅんどう》が背中を走り抜けた。

航平は慌てて身をよじり、一小路の胸板を力任せに押し返す。乱暴に払いのけられた一小路は、やや驚いた表情となり、「いやだったのか？」と意外そうな声でそう訊いてきた。

いやなどころか、感じてしまったからこそ困っているのだ。言いようのない羞恥心《しゅうちしん》がわき上がり、身の置きどころがなかった。

「お——俺、もう帰るから！　今日は楽しかった、ありがとう。お疲れさん」

「あっ、待てよ、立花！」

あせった様子で引き止めようとしたが、航平は逃げるようにマンションのエントランスへと駆け込んでいった。

（び、びっくりした……。まさか一小路が、あんないやらしい手つきで俺のを——）

自室でひとりになっても、なかなか動悸がおさまらず、とりあえず風呂に入った。

中途半端にくすぶっている熱を、しばらく見て見ぬふりしていたものの、どうにも手に負えずにバスルームで処理する。

「——は…っ…」

十代ならいざしらず、いい歳して風呂場で抜くなんて、情けなくてため息がもれた。それでも自身をなぐさめると、興奮していた体も頭もしずまり、少しは気持ちが落ち着いてきた。

ベッドに横になり、ぼんやり天井を眺めていると、一小路のことばかり考えてしまう。

——いやだったのか？

わざわざ訊くまでもなく、航平が欲情していたのは一小路だって察していただろう。

（……絶対ばれてるよな）

それにしても一小路は、いやじゃなかったのだろうか。キスはともかく、男の下半身にふれたりすることに抵抗はなかったのか。

（もしかしたら……）

一小路は男とつき合うのが、はじめてではないのかもしれない。偏見がないと言ったとおり、過去に言いよってきた男にも、軽い調子でOKを出していたのなら——。

想像しただけで息が乱れて苦しくなる。

窓の外から聞こえる風の音に同調するように、航平の胸も激しくざわついた。

好きだった人につき合ってもらいながら、なにが不満なのかと自分に文句を言いたい。

不満なのではなく、不安なのだ。

（だって、あいつは——）

恋人扱いはしてくれるが、そもそも彼の口から『好きだ』と言われたことはないのだ。

少しずつ現実が見えてきて、航平はやるせなさで胸の奥がキリキリと痛んだ。

今さらのように思い知る。

高校のときは一小路のそばにいられるだけでよかった。彼を想うだけで満たされた。それが今はキスまでされて舞い上がった。

けれど、徐々にそれだけでは満足できなくなっている。一小路の心は彼だけのものなのに、その心さえ手に入れたいと願う。

――好きなだけではなく、好かれたい。

自分でも気づいていなかった本懐に行きついて、航平はひどく落ち込んだ。

（――俺は、本気であいつが好きなんだ）

いつの間にか、もう後戻りができないほど、想いが深く重くなっているのを自覚した。

こんな調子でこれからさき、うまくやっていけるのかどうか、自信がなくなってきた。やはり一小路とは、友人のままでいたほうがよかったのではないか。

この期に及んで迷い乱れる自分に、航平はしっかりしろよと言い聞かせる。しばらくベッドでぐだぐだしながらも、知らないうちに浅い眠りに落ちていた。

そして夢を見た――。

ある日の放課後。学校の裏庭で航平と一小路は話をしていた。

「罰則って、絶対に必要なものかな……」

若葉が茂る初夏で、ふたりは芝の上の木陰に体育座りで向き合って座っていた。

「立花はどう思うんだ?」

「そうだな……」

航平は口にするのをためらい、空を見上げた。そのときの抜けるような青空を、今でもはっきり覚えている。

航平は一年のときから剣道部の罰則、ペナルティに納得できないものがあった。おそらく航平にかぎらず、部員の誰もが不満を抱えていただろう。

ふたりが通う高校は運動部が盛んで、とくに剣道部は歴史と伝統がある強豪部だった。先輩からのしごきや厳しい稽古は、自分のためだと割りきり耐えることができた。しかし航平が一番つらかったのは、理不尽な罰則だった。中には体罰に近いものもあった。

「暴力行為で士気が上がるとは思えない」

剣道が好きで入部したのに、体罰が原因で嫌いになり、辞めていった仲間も多くいる。

「そんな理由で、好きだったものが嫌いになるなんて……悲しすぎるじゃないか」

地面の芝をじっと凝視する航平に対して、一小路は上体をそらせて青空を見上げていた。

「だったら、おまえの代で終わらせれば?」

さっぱりした口調だった。挨拶のように気軽すぎて、つい聞き逃してしまうところだった。

「終わらせるって――」

「そのくだらない体罰。どうせさ、昔からのが残ってて、今さらやめるにやめられなくなってるだけだろ」

たしかにそのとおりで、航平は身を乗り出して食い入るように一小路を見つめた。

「そんな古い体制壊してしまえばいい」

そう言われた途端、目の前がぱっと明るくなった。木陰にいながらも、芝生の緑が目に痛いぐらい濃く感じる。深く息を吸ったら、やわらかな薫風《くんぷう》の香りがした。

航平は自分がいかに、その古い体制になじんでしまっていたかを思い知った。歴史があるからこそ、その伝統やしきたりは善し悪《よ　あ》し関係なく、受け継いでいくのが当たり前だった。

上下関係の厳しさに不満を抱きながらも、先輩にやられたからこそ後輩にやり返す、という悪循環におちいってしまう者もいた。けれど、そんな理不尽な罰則やいきすぎた上下関係を、自分の手で変えてもいいという発想がなかったのだ。

航平は興奮していた。全身から力がみなぎってくるような、奇妙な高揚感だった。

「俺が壊してもいいと思うか?」

「立花ならできるよ。俺は応援する」

その一言に胸が熱くなった。

一番信頼している友人のたのもしい笑顔を見たら、なんでもできるような気がした。

その年の夏、インターハイが終わるのに合わせて三年生が引退して、二年の航平が新しい主将になった。航平は罰則について、顧問や監督と徹底的に話し合い、いくらか反対されながらも体罰は見直された。先輩たちは面白くない様子だったが、後輩からの支持は大きかった。

新しい体制へと変わりはじめた秋に、毎年行われる県の新人大会があった。出場資格は一年生と二年生のみの団体戦。

新人戦ではたいてい三位入賞を果たしていたのに、その年は一年が足を引っぱるかたちとなり、健闘むなしく五位にとどまった。もとより一年は実力に不安定さはあったのだが、新人戦に負けたことで上級生たちがここぞとばかりに航平をバッシングしたのだ。

おまえが一年を甘やかしたからこんな結果になったんだ、どう責任を取るつもりかと。

航平にしてみれば、後輩を甘やかしたつもりはない。試合に負けたのも罰則をゆるくしたせいだとは考えたくなかった。けれど、どうしても自分を責める気持ちを抑えられなかった。

部活中では意地でも今までどおり毅然《きぜん》としていたが、ひとりになると自己嫌悪でふさぎ込んだ。いつもなら悩みを打ち明ける一小路にも、弱音を吐けなかった。

航平が後悔してしまえば、背中を押してくれた一小路に申し訳が立たない。だから彼の前ではできるかぎり平然とふるまい明るい姿を見せていた。

ある休みの日に珍しく一小路が映画に誘ってきた。それは下ネタの多いギャグ映画。まったく期待していなかったのだが、これが思いのほか楽しかった。下品でくだらなすぎて、一小路とともに腹を抱えて笑った。こんなに笑ったのは久しぶりだった。

映画が終わりエンディングロールが流れる。一小路はスクリーンに目を向けたまま、いつものくだけた明るい口調で言った。

「――立花、おまえのせいじゃない。おまえはなにも悪くないよ」

突然だったので、航平はなんのことだかわからず無言で一小路を見つめた。

一小路はずっと前だけを見ていて、口許には穏やかな微笑みがにじんでいた。どこか遠くを見ているようなその横顔に、航平はふいに夏の青空を思い浮かべた。

そして気づいたのだ。一小路は航平を元気づけるために映画に誘ったのだと――。

「よくやったよ、ほんとすごいわ。誰がなんていおうと、おまえは絶対に間違ってない。俺はそう信じてるし、立花は俺の自慢の友達なんだ。それだけは忘れるなよ」

航平は雷にでも打たれたように硬直していた。喉の奥から熱い塊が込み上げてきて、自分でもどうしようもなかった。

スクリーンから視線を外して、一小路はゆっくりと航平を見た。こちらに顔を向けているのはわかったけれど、なぜだかその顔がぐにゃりと歪《ゆが》んで、はっきり見えない。

「おーい、笑えって」

短い髪の毛を両手でわしゃわしゃと乱暴にかき乱される。それだけのことなのに、胸がつまって嗚咽《おえつ》がもれそうだった。まばたきをしたら、大粒の涙がぼろぼろとこぼれ落ちた。

もうだめだ。泣き顔を見られるのが恥ずかしくて、慌てて顔を伏せた。

「立花……」

吐息まじりの優しい声。あやすかのように頭をなでていた手が、ふわりと頬を包んだ。そのまま導くように顔を上げさせられる。

一小路は今まで見たこともないような真剣な顔をしていた。トクンと鼓動が跳ねる。予感していたとおり唇が重なった。やわらかくて甘いキス。ぬるりとからまる舌。

かすかな煙草の香り――。

航平はそこで目が覚めた。

心臓が早鐘を打っている。夢にしてはとてもリアルだった。それもそのはず、ラストのキスだけを除いて、すべて現実にあったできごとなのだから。

（ねつ造してしまった……）

まだ頭がぼおっとしている。それでも体だけは妙に熱くて、興奮冷めやらぬ状態だ。

ベッドからゆっくりと上体を起こす。薄暗い室内に小さなため息がもれた。

最後だけは都合のいいように色づけしてしまったが、それにしてもほとんどが事実のまま完璧に再現されていた。

あの日、ふたりで見上げた空の青さや、会話。映画館で見た、一小路のきれいな横顔。決して女顔ではないのに、彼の微笑みはまるで聖母のような、慈悲深さを感じるのだ。

——おまえはなにも悪くないよ。

エンディングロールの音楽はわりと大きかったと思うが、不思議と一小路の声は全部はっきりと聞こえた。

もともと一小路は誰に対しても人当たりのいい男で優しかった。航平が沈んだ顔で重たい話をすればするほど、反対に楽観的な態度で『なんとかなるって』と笑う。

ときどき、こいつ真剣に聞いてんのかな、と疑問に思ったりもしたが、一小路の言うとおり実際いつもなんとかなってきた。

好きだったと白状したときだって、一小路以外の男なら間違いなく引いていただろう。彼だから気負わずに受け入れてくれたのだ。

普段はあっけらかんとしていても、ここぞというときは誰よりも気にかけてくれる。そんな一小路の優しさこそが、いつだって航平を支えてくれて前へ向かせてくれる。

——立花は俺の自慢の友達なんだ。それだけは忘れるなよ。

十年前に一小路はそう言ったけれど、今でも同じように思ってくれているのだろうか。

あのころに思いを馳《は》せると、胸の奥がひどく痛んだ。やり場のない息苦しさが最高潮に達して、気がついたら頬に冷たいものが流れていた。

（なんで俺、泣いてんだろう……）

おかしくもないのにふっと笑いがこぼれる。

航平の心は過去と現実のはざまで、落ち着きなくゆれていた。十年経っても、微塵も変わらないものがこの世にあるだろうか。

一小路も航平も変わっていないようで、大きく変わってしまったところはあるはずだ。

――おまえを女扱いなどしてないよ。俺はただ、恋人扱いしてるだけだろ。

十年前は友達だったが、今はもう友達ではない。どんなに戻りたいと願っても、ふたりで青空を見上げたあの日には、もう二度と帰れないのだ。

航平はそれがたまらなく寂しかった。

＊＊＊

十二月に入ると本格的な冬が訪れて、寒さが一段と厳しくなった。イベントの多い時期でもあり、航平はあちこちの現場へと奔走して目が回るような忙しさだった。

いくつもの案件を担当して、同時進行で手配していくので、スケジュール管理や調整が重要になってくる。イベント自体の運営も大変だが、一番気を遣うのが予定のバッティングだ。

今では休みはないに等しく、週一の公休も急に呼び出されたりして、プライベートの約束もままならない状況だ。でも、そのおかげで仕事だけに集中せざるを得なくて、余計なことを考えないですんでいる。

「こんにちは、お世話になります。今日もどうぞよろしくお願いします」

回を重ねて、すっかり打ち解けた組合員に挨拶していると、珍しく年配の女性が多いのに気づいた。はじめて見る顔もある。

商店街の経営者が積極的に参加してくれているのかと、嬉しく思っていたら――。

「あら、今日は立花さんひとり？　こないだいたハンサムなお兄さんは来ないのかい？」

そば屋のおかみさんである老齢の女性が、きょろきょろしながら残念そうに言う。思わず口許がゆるんでしまった。なるほど、一小路目当てで女性が増えたのか。

「申し訳ありません。今日は僕ひとりです。彼は外注でお願いしているカメラマンなので、いつも一緒というわけではなく――」

「ああ、いいよいいよ。あたしはあんたのほうが好きだねえ。バタくさい顔もいいけど、やっぱり男は短髪じゃないと。まあ、じいさんみたいになっちまうのは困るけどさ」

クリーニング店を営んでいる女性が航平の肩をもち、隣に座った旦那の頭をちらっと見ると、事務所に笑いがあふれた。

「いいえ、僕なんかまだ半人前ですよ。男の年輪や貫禄《かんろく》では旦那さんに負けてますから」

航平がかしこまると、男は薄毛の頭をなで上げながら「やめてくれよ」と照れて笑う。

商店街の人たちはみんな気さくで陽気だ。それだけに遠慮もなかったが、航平はこの商店街の人たちが好きだった。通っていた高校が、同じ沿線のさらにさきで乗り換えた海に近い場所にあるので、地元のような親しみがあった。

ときどき脱線しながらも、その日の打ち合わせは無事に終了した。午後からは都内に戻って、別件の現場へ直行だ。まだ時間に余裕はあったけれど、ビジネスコートの裾《すそ》をはためかせながら、足早に駅へと向かう。

駅に着く手前で、見覚えのある男の姿が視界に入り、航平は足を止めた。

――一小路だ。

スーパーの前で若い女性と立ち話をしている。彼も個人的にこの商店街が気に入ったと話していたので、おそらく下見とプライベートを兼ねて遊びに来たのかもしれない。

それにしても一小路とそのきれいな女性は、まるで恋人同士かのように、仲睦まじい様子で談笑していた。近づいて声をかけられる雰囲気ではなく、かといってそのまま立ち去りもできずにいたのは、なんとなく面白くなかったからだ。

和やかに話をしている最中に、一小路が少し女性から離れてカメラを向けた。女性はポーズをとり、一小路は何枚か彼女の写真を撮っていた。航平は自分でもよくわからない胸の圧迫感を覚えていた。その女性はいったい誰なのかという、穏やかではない感情がわいてくる。

(――だめだ、帰ろう)

己の心の狭さを反省しつつ、気持ちを切り替えて歩を進めた。彼らに気づかれないように避けて通りすぎて駅へと向かう。

それでも頭の中にはふたりの笑顔が焼きついていて、知らず知らずのうちに足が重くなる。一小路だって男なのだから、あんな美人を前にしたら、やにさがって当然だ。

すっきりしないまま駅に着こうとしたところ、背後から「立花くんじゃない？」と急に声をかけられた。振り返ると、そこにはさきほどのショートカットの女性が立っていた。

見覚えがあるようでないような、その女性を前に首をかしげていると、

「やっぱり立花くんだ。私、わからない？　高校のときに同じクラスだった、秋川《あきかわ》」

そう言われて、目を瞠った。

「……秋川さん？」

「うん、やだ、全然わからなかった？　けど雰囲気変わったってよく言われるから、仕方ないかぁ。立花くんは変わらないね。横顔を見ただけで、もしかしてと思ったもん」

「……そうかな」

「ちょうどさっき一小路くんにも会ったの。こんなところでふたりに会うなんて、すごい偶然。私、この近くに住んでるんだ」

懐かしさからか、秋川は立て板に水のごとく話した。たしかに容姿だけでいうなら、高校のときとは雰囲気が違う。

あのころは髪の毛も明るい色のロングで、わりと派手めの活発な印象だった。けれど今は黒

髪の大人っぽいショートで、服装も上品で清楚《せいそ》な感じだ。

「立花くん、今仕事中？　少し話しても平気かな。一月にあった同窓会で――」

いきおいに押されぎみの航平は、苦笑を浮かべて「少しなら」と首筋をかいた。

秋川となら一小路が親しげに話していたのも納得はいくものの、このタイミングで会うのは航平にとってかなりしんどかった。

（まいったな……）

秋川は性格がさっぱりしているので、高校のときは気を遣わず話しやすい相手だった。けれどそれもキスの一件までだ。

あれから航平は、秋川とも折り合いが悪くなってしまったのだ。航平からはあまり話しかけなくなり、彼女も露骨に航平を避けるようになった。

それでも十年経った今は、秋川に過去へのこだわりは感じられない。そして航平がまるで気にならないかといえば嘘《うそ》になる。正直なところ今は一番会いたくない女性だった。

「それで、一小路くんがカメラマンになってたのは知ってたんだけど、仕事でうちの商店街を撮影に来たって聞いて。ちゃっかり私も撮ってもらっちゃった。プロに撮ってもらえる機会なんてそうそうないもんね」

今年の頭にあった高校の同窓会に、一小路と秋川は出席していたようだ。予想以上に人も集まって盛り上がり、その際に秋川と一小路は互いの近況を報告しあったらしい。

航平のところにも案内状は届いていたが欠席していた。その前にも一度、違う幹事で開かれたようだがそちらも行かなかった。一小路が同窓会などにすすんで参加するとは思えなかったが、そのときはできればもう彼とは顔を合わせたくなかったからだ。

「あっ、ごめんね。私ひとりでしゃべってる。立花くんは仕事なにしているの？」

「俺は——」

イベント制作会社で働いていて、打ち合わせに来たのだと説明した。でも、ここの商店街のイベントを任され、一小路も同じ仕事にたずさわっていることなどは話さなかった。

「そっか、すごいね。みんながんばってるんだなぁ。あれからもう十年も経つんだもん……。早いよね」

「そうだね、あっという間だった」

しばらく奇妙な沈黙が続き、航平はいたたまれなかった。長話をしたくないという苦手意識と、キスの件を謝るにはいい機会じゃないのかという葛藤がわき上がる。

本音をいえば、航平も見たくて見たわけではなく、恋敵ともいえる相手に頭を下げるのは気が引ける。ただ、彼女を傷つけたのなら、状況はどうであれ一言謝るべきだろう。

航平が考え迷っていると、秋川のほうがさきに口を開いた。

「立花くん、ごめんね。あのときは……」

どうやら秋川が押し黙っていたのも、過ぎし日を振り返り、思い悩んでいたからのようだ。

「いや、秋川さんは謝らなくていいよ。あれは俺がまぬけなだけで——」

「ううん、だって、立花くんはなにも悪くないよ。なのに私、感じ悪い態度とったから」

秋川は顔を伏せたまま心苦しそうに、込み入った事情を打ち明けた。

一小路と同じクラスになってから、彼女はずっと片思いをしていたらしい。あの日、思いきって告白したのだが、『好きな子がいるから』という理由でふられたのだ。

それでも諦めきれなくて、『好きな子って誰？ 同じクラスなの？』と強い口調で問いただしたら、『俺に写真の限界を教えてくれた子だよ』と一小路はやわらかく笑った。

その笑顔がとても穏やかで、秋川は一小路が本当にその子が好きなんだと悟ったらしい。

一小路にごめんねと頭を下げられて、秋川は泣いてしまった。腹いせに近い感じで責め立てたのに、一小路はいやな顔ひとつせず、逆に同情して思いやってくれたのだ。

秋川は彼の優しさにつけ入って、キスをしてくれたら諦《あきら》める、と強引に迫ったようだ。どうせ断られるに違いないと思ったのに、一小路はあっさり『いいよ』と言った。

減るもんじゃないしね、と平気な顔で笑われて、秋川は自分が彼の恋愛対象の範疇《はんちゅう》にまったく入っていないのだと知った。

それでも大好きな人と一度でいいからキスをしたくて目をつぶった。あれは恋人たちがするような純粋なキスではなく、お情けで無理やりしてくれた不純なキスだった。

航平は一小路と一番仲がよかったので、自分は陰で笑い者にされるんじゃないかという危惧《きぐ》もあり、秋川はふたりに冷たい態度をとるようになってしまったのだ。

「ほんと、ごめんね」

「俺のほうこそ申し訳ない。いやな思いをさせてしまって——」

事情はどうであれ、自分にも非はあるのだから、航平は素直な気持ちで謝った。

けれど、ふたりがつき合ってはいなかったと知り、奇妙な安堵《あんど》感と仲間意識のようなものを抱いてしまったのも事実だった。以前は秋川に、嫉妬心やうらやましさを感じていたのに、自分がどんどんいやな男になっていく気がした。

「悪いけど、仕事があるからそろそろ行かないと」

「あっ、そうだよね！　こっちこそ、長いあいだ引き止めちゃってごめんね」

じゃあ元気でと、挨拶をして立ち去ろうとしたら、慌てた様子で再度呼び止められた。

「立花くんは——一小路くんがあのころ誰を好きだったか、知ってる？」

「……」

航平が無言で見つめ返すと、秋川はばつが悪そうに視線を泳がせた。

彼女が十年も前のわけあり事情を、なぜ今になってわざわざ自分なんかに話したのか。

その理由がようやくわかった。

「ごめん……。俺はなにも知らないんだ。一小路は前からそういう話を、自分からするやつじゃなかったから」

秋川はくしゃりと口許を歪めると、「そっか、そうだよね」と残念そうに笑った。その顔を見て、航平は直感した。おそらく彼女は今でも一小路に未練があるのだろう。

(——そういうことか)

秋川と別れて駅の改札に入り、ホームに立って電車が来るのを待つ。滑り込んできた電車に乗ってつり革を握る。操られた人形のように体は自然と動くのに、頭の中は過去に支配され、秋川の甲高《かんだか》い声が激しく反響していた。

——一小路くんがあのころ誰を好きだったか、知ってる?

(そんなの、こっちが訊きたい……)

高二のとき一小路に好きな子がいたなんて、航平だってまったく知らなかったのだから。

よく考えれば、当時の航平が一小路について知っていることといえば限られていた。

父親が単身赴任で、家では母親とのふたり暮らし。運動が苦手で成績はまずまず。本を読むのは好きだがテレビはあまり見ない。女優やアイドルにも興味がなく、好きな女性のタイプも訊いたことがなかった。

浮いた噂《うわさ》は多かったものの、つき合っている彼女の気配を感じなかったのは、もしかしたら一小路自身が、むくわれない恋をしていたからなのだろうか。

(あいつに好きな子がいた……)

航平にとっては、一小路につき合っていた彼女がいたという事実よりも、彼に好きな人がいたという事実のほうがひどく胸に突き刺さった。

（同じ学校だったのか……？　一小路のことだから、かなり年上とかもありえそうだ）

考えだしたら止まらなくなる。記憶の引き出しから、当時のふたりの会話を思い出せるかぎり掘り起こして、ヒントを得ようとした。頭がフル回転する。

（――誰なんだ）

いったいどういう人なのか。いくら考えても思い当たるような女の子がいない。

つき合ってほしいと告白してきた秋川に対して、角が立たないように断る口実だったのかもしれない。けれど『俺に写真の限界を教えてくれた子だよ』と言った、一小路の言葉が嘘だとは思えなかった。

（写真の限界を教えてくれた……）

おそらく、その人となにかがあって、一小路は人物写真を撮らなくなったのだろう。

――あのキスは同情でしてくれたキスなの。一小路くんは私のことなんかなんとも思ってなかったのに……。

秋川が言ったひとつひとつのフレーズが、今になって航平の胸を容赦なくえぐった。

（――同情）

ふと自分も彼女と同じなのではないかと、身がすくむような不安がわき上がった。

一小路が試しにつき合おうと言ったのは、哀れな航平を気の毒に思い、同情したからこそなのだろう。当然ながら一小路は航平を好きなわけではない。

(最初からわかってたことじゃないか)

胸の片隅からわき出た不安はみるみる確信へと変わり、底のない暗闇《くらやみ》に突き落とされた気分だった。脇の下を冷たい汗が流れ、胃の底がキリキリと痛み、息をするのも苦しかった。

(――恋人ごっこをしていただけだ)

急に足元が激しくゆれて、茫然《ぼうぜん》としていた航平はふらついて転びかけた。つり革を握り直して正面を見ると、窓ガラスに自分の顔が映っていてドキリとする。

まるで精気がなく幽霊のように無表情だ。

(俺って、こんな顔だっけ……？)

不安定にゆれる電車の車両の中で、航平はひとりだけ異空間に放り出されたような、心細さを感じていた。体の中にぽっかり穴があいてしまったような喪失感。自分ががらんどうにでもなってしまったようだ。

どうしようもないせつなさが、心の空洞を埋めつくしていく中で、航平はあるひとつの決心をした。

＊＊＊

クリスマスイブのイベント初日は、天候にも恵まれてさいさきのよいスタートとなった。軽快なクリスマスソングが商店街に流れ、駅前にはもみの木のツリーが飾られている。

町内会役員や組合長の挨拶《あいさつ》をかわきりに、まずは特設ステージでのライブショー。ゆるキャラとバンド演奏のコラボだ。

商店街の各店では、独自の飾りつけが華やかにほどこされていた。クリスマスリースとともに、正月仕様の花が軒先に置かれていたりして、自由な感じがほのぼのする。

今日はちょうど振替休日で、年末のセールも重なっており、昼前から大勢の買い物客でにぎわっていた。期待以上の盛況ぶりに航平《こうへい》は笑顔になる。

「すごいな」

「はじめてのイベントだから、みんな楽しみにしていたんだろうな」

カメラを手にした一小路《いちこうじ》も、子供のように浮かれた顔で周囲を見渡しながら、ときおりシャッターを切っていた。午後から航平は特設ステージの準備と進行にかかりきりとなり、一小路とは完全に別行動となった。

ステージ以外では商店街の一角で、子供向けのゲームコーナーや、空き店舗を大学生のサークルに貸し出して、雑貨の実演販売などもおこなわれた。

また、婦人会の女性たちがふるまった豚汁やシュークリームも大人気で、仕事の合間にクリーニング店の店主がわざわざ差し入れにきてくれた。

どこのイベントでも、開催中はなんらかのハプニングがつきものだったりするのだが、予定よりも早く今日のぶんのスタンプカードがなくなった程度で、珍しく順調だった。

このまま無事に二日目を迎えられることを願いつつ、初日は問題なく終了した。

帰り際に合流した一小路に、「よかったら、車で送るよ」と言われたが、まだやることがあるからと言い繕って断った。

航平は仕事以外で、一小路とふたりきりになりたくなかったのだ。

なぜなら、一度決めた決心がゆらぎそうだったから――。

(早く明日になって、全部終わらせたい……)

翌日も引き続き出足は好調で、かなりの集客が見込まれた。特設ステージでのメインの演目が二日目の夕方以降に集中しており、遠方からわざわざ訪れた者も多くいた。

とくに航平が企画したサイエンスショーは、テレビでもおなじみの実験で、小さい子供からお年寄りまで大いに盛り上がった。日も暮れて辺りが暗くなると、クリスマスイベントもクライマックスとなり、キャンドルタワーの点灯式をおこなった。

そして最後は、商店街の店主や組合員、ボランティアスタッフ、そのほか協力してくれた大勢の人たちとともに、一小路に記念写真を撮ってもらい幕を下ろしたのだった。

「立花《たちばな》さん、この二日間ご苦労さまでした！　いやぁ～、Y&Yサービスさんに頼んで本当によかった。立花さんのおかげで大成功できました。また、来年もお願いします」

組合長に満面の笑顔で両手を握られ、航平は胸を熱くして声を震わせた。

「こちらこそ、ありがとうございました！」

腰を折って深々と頭を下げると、どこからともなく拍手がわいた。

その後、事務所で軽い打ち上げがあり、航平と一小路もぜひ来てほしいと声をかけられ、短時間だけお邪魔させてもらった。商店街の人たちはすでにほろ酔いだったけれど、ふたりともアルコール類は遠慮して、ジュースで乾杯した。

「ほんと、いい人たちだったな」

一小路はカメラ機材の入ったケースを肩から下げて、夜空を見上げながらそう言う。

「ああ、喜んでもらえてよかったよ。こんなにスムーズなイベントははじめてだ」

「大盛況だったしな。まあ、俺はとくになにもしてないけど、疲れたのはおまえだな」

ぽんと肩を叩《たた》きながら笑顔を向けられて、航平は「いや」と薄く笑って目をそらした。

なにもしていないと一小路は謙遜《けんそん》するが、撮影はもちろんのこと、航平の知らないところで店を手伝ったりしていたようだ。

実はイベント開催中に、秋川《あきかわ》と会わないだろうかという気がかりも少しはあったのだが、最後まで姿は見かけずにすんだ。

「このあと、おまえもう直帰するんだろ？　どこかで祝杯をあげて帰らないか」

駐車場に停めた自家用車に荷物を積み入れながら、予想どおり一小路が誘ってくる。先日の車でのことは互いにふれないまま、プライベートでは一度も会っていなかった。

イベントが終わったら、ふたりで飲みに行こうと前々から言われていたのだ。そのときはそうだなと、調子を合わせていたけれど、今となってはやはり無理だ。

「それが、数日前からちょっと風邪《かぜ》ぎみで、申し訳ないけど今日は……」

心苦しさを感じながらも言い逃れると、一小路は急に表情を険しくして近寄ってきた。

「それを早く言えよ。大丈夫か？」

目の前に腕が伸びてきて、身を引くよりも早く大きな手のひらが額にふれる。その途端、心臓がドキンと跳ねて体温が上昇した。金縛りにあったように動けない。

「ああ、ほんとだ。熱っぽいな」

軽くなでるようにして額をこすられる。

「なるほどな、だからか」

「……なにが？」

その手が離れるのと同時にこわばりが解けて、気づかれないように息を吐いた。

「この二日間、おまえなんか変だったろ。妙にテンション高いというか。張りきってるのともちょっと違う感じで」

「それは、すごく楽しみだったから」

「だといいけどさ。立花は前からそうだろ。調子が悪いときにかぎって無理してがんばる。そういうの、見ててわかるから」

心配げな顔で見つめられて、不覚にも泣きたいような、でも実際には涙も出ないような、やり場のない気持ちになった。一小路は誰よりも自分を理解してくれる。それは以前からわかっていたことだ。でも、今はその優しさがつらい。

「ほら、乗れよ。今日は家まで送らせろ」

うつむいた航平の頭を、しようがないやつめ、という感じで一小路がかき乱した。

「……」

胸の奥が締めつけられるような痛みで、言葉にならない。ゆれ動く心を必死でつなぎ止めようと、航平はただ奥歯をかみしめた。

電車で帰るつもりだったのに、結局は強引に一小路の車に乗せられて、自宅マンションまで送ってもらうはめになってしまった。

「気にしないで寝てていいぞ。着いたら起こすから。それまでゆっくり休んでろ」

「……ありがとう。悪いな」

助手席の窓に顔を向けてそう言うと、運転席でふっと苦笑がもれる気配がした。

「昨日といい、俺の下心が見透かされて逃げられてんのかと思ったよ。せっかくのクリスマスに一緒にいられないのは残念だけど、まずは早く風邪を治すことだな」

どこかほっとしているような明るい口調。耳ざわりのいい声を聞きながら目を閉じて、返答せずに寝たふりを決めこんだ。

ほどなくしてマンションに到着して、また連絡するからと礼を言って一小路と別れた。

自室のベッドに横になると、ようやく全身から余計な力が抜けた。風邪ぎみなのは嘘《うそ》だが、今になってどっと疲れが出て本当に体がだるかった。

それでも今夜はもうひとつ、終わらせなければならない大事な務めがある。航平は決めていた。イベントが終了するのと合わせて、一小路との関係も終わらせようと——。

食欲がないので風呂だけ入り、時計を見たら十時だった。一小路が自宅に着くころの時間帯を見計らって電話をかける。

ツーコールで電話に出た一小路は、同じく風呂からあがったばかりのようで、航平だとわかると遠慮なくビールのプルタブを開けた。

『なに？　車に忘れもんでもした？』

いつもの軽い調子で言ったあと、電話ごしにビールを飲む音がかすかに聞こえた。航平があらたまって、「今日までありがとう。本当に感謝してる」と礼を言うと、

『なんだよ、大げさだな。仕事なんだし当然だろ。わざわざ電話なんかよかったのに』

ほんと真面目《まじめ》だな、と呆《あき》れた様子で忍び笑いをしている。一小路が声を抑えて笑うときの、くくくと響く甘い声が好きだった。

「あのな、一小路――」

少し声がかすれて、携帯電話を持ち直した。どう切り出せばいいのか迷ってしまう。

『どうした？　なにかあったのか』

不穏な空気に感づかれたようで、ここは長引かせるよりも単刀直入に言ったほうがいい。

「――ん、いや、実は別れたいんだ」

『あ？』

間の抜けた声を出して、一小路は黙り込んでしまった。姿が見えないのでよくわからないが、気を悪くしているようだ。率直すぎて傲慢《ごうまん》なもの言いに聞こえただろうか。

『別れるって――それ、どういう意味？』

「悪い、うまく言えなくて。だから……俺たちいちおうつき合ってることになってたよな」

『そうだな、つき合ってるな。おまえは俺の恋人だ。それをどうしたいんだ？』

「解消したいんだ。つき合うのをやめたい」

ふたたび長い沈黙が続き、大きなため息が聞こえた。呆れているのか怒っているのか。

切羽つまった局面ではあるものの、航平は不謹慎にもどこか滑稽《こっけい》さを感じていた。友人だった一小路とまさかこうして、真剣に別れ話をするような日がくるなんて――。

あまりに現実味がなさすぎる。本当に夢の中にいるようで、自分の感情さえつかめない。

『もしかしてこの前さわったの、気持ち悪かったか？　そうは見えなかったけど』

「いや、その、気持ち悪いというか……。ああいうのを、おまえとするのは違うんじゃないかと思ったんだ」

『――なるほど。やっぱり恋人は無理だから、友人に戻りたいってことか』

「それも難しいだろ。仮にもつき合った相手とキスまでしておいて、それで別れて友達になるなんて……俺はできない」

『じゃあ、もう俺には会いたくないと？』

本人からそうはっきり訊《き》かれると、うん、とうなずくのはひどく身にこたえた。

「仕事は一小路さえよければ、これからも頼みたいと考えてる。担当を岩倉《いわくら》所長に替わってもらってもいい。でも、プライベートではもう会わないほうがいいと思う」

『……』

はあ、と声に出したような大きなため息。そのあとビールを勢いよく喉《のど》に流し込んで、ガシャリと缶を握りつぶす音が聞こえた。

あきらかに一小路は苛《いら》ついている。それも当然だろうなと、航平は妙に冷静だった。

「俺の都合で振り回して申し訳ない」

こっちから好きだと言ってつき合ってもらっていながら、今度は別れてほしいなんて、勝手すぎるにもほどがある。バカにしてるのかと腹を立てられても仕方がない。

男同士という高いハードルをものともしない一小路に、航平は心から感謝しているのだが、どうしても負い目を感じてしまうのだ。

『立花……今になってほんとどうしたんだ。なにかあったんだろ。理由を教えてくれ。じゃないと俺も納得できない』

聞き入れないまま言及されて違和感を覚えた。一小路ならもっと簡単に「そうか、わかった」で終わると思ったのに、なぜ彼が納得する理由が必要なのだろう。

「一小路こそ、どうしたんだよ。俺とつき合うの、どっちでもいいって最初に言ってただろ。だったらべつに――」

『それは……』

慌てた様子で言い淀《よど》む。軽い舌打ちのような音が聞こえたのは気のせいだろうか。

『立花が俺を好きだと言ってくれて、本当はとても嬉《うれ》しかったよ。俺もおまえの気持ちに応えたいと思ったんだ。どっちでもいいと言ったのは、おまえに――』

「だからそれがもういい……もういいんだっ」

腹の底から絞り出すような言い方になってしまい、語尾が重々しく震えた。言葉にするのが苦しくて苦しくて、今すぐにでも電話を切ってしまいたかった。

『……立花』

「これ以上、一小路に無理をさせたくない」

『無理？　どうして俺が無理しなきゃならないんだ』

「してるだろ。俺のこと好きでもないのに、つき合ってくれてる。俺は――そうだよ、俺はおまえのことがすごく好きだ。自分でもやばいと思うぐらいで……。けどな、一小路は違うじゃないか。同情でつき合ってもらっても、おまえに悪いだけだから」

『はぁっ？　それ本気で言ってんのか』

「本気だよ。俺は本気だから……怖いんだ。おまえの優しさに甘えて、後戻りできなくなるのが。今ならまだ間に合うと思うから」

『あのなぁ……』

少しの間を置いて頭をガシガシとかきながら、冗談じゃねえぞと呟《つぶや》くのが聞こえた。らしくない乱暴な口調にチクリと胸を刺されながらも、だったらどうしてばっさりと切り捨ててくれないのかと不思議だった。バーで飲んでキスしたあとのように、余韻も未練もなく、じゃあなと背を向けてくれれば航平だって諦《あきら》めがつくのに――。

『好きじゃないってな、俺の気持ちをおまえが決めるなよ。俺はずっと前から立花を知ってるし見てきたんだ。おまえのそういう面倒くさくて真面目な、まっすぐなところが好きなんだよ。それじゃだめなのか』

「それはあくまで友達としてだろ。俺の好きと一小路の好きは、重さが違うんだ」

『なにっ？　……おい、それ』

「もう一小路に余計な負担をかけたくないんだ。俺のことは気にしなくていいから。忘れてくれてかまわない。巻き込んでしまって、本当にすまない。じゃあ、元気で」

『ま——待て、切るな！』

一小路が引き止めるのもふりきって、航平はオフボタンを押して電話を切った。直後にふたたび一小路から電話がかかってきたが、強引に電源を落とした。

機能しなくなった携帯電話を見つめたまま、航平はしばらくぼんやりしていた。

（終わった……）

この日がくるまでは、うまく話せるだろうかと考えて気をもんだりもしたけれど、意外と呆《あっ》気《け》なかった。なんというか、一小路と別れたという実感がわかない。そもそも、つき合っているという実感もなかったのだから当然だ。

「笑えるよな……」

自分が道化のように思えて、ふっと自嘲《じちょう》の笑みがもれる。振り返るとまるで子供の恋愛ごっこを演じていたようだ。一小路はただそれにつき合ってくれていただけ。

どれぐらいの時間、携帯電話を握り締めて気が抜けていたのだろう。唐突に部屋の呼び鈴が何度も鳴らされて我に返った。

こんな夜分に誰だろうかと、用心しながらドアに近づくと、ノックの音と同時に「立花いるんだろ。開けてくれ」と男の声がした。びっくりした。一小路だ。

（どうしてまたマンションまで……）

電話を切ってからすぐに家を出たのだろうか。だとしても、まだそれほど時間が経《た》っているようには感じられなかった。外の様子をうかがいながら、ゆっくりドアを開けようとしたら、途中でドアノブを勢いよく引っ張られて前のめりになる。

「話がある。中に入れろ」

憮然《ぶぜん》とした顔つきの一小路が立っている。

「——今からか？」

「今すぐだ。おまえがいやでも、俺は勝手に入るからな」

「おい、ちょっと……どうしたんだ」

了解も得ずに靴を脱ぎ捨て、廊下を進んでいく一小路のあとを、慌ててついていく。

「どうしたもこうしたもあるか」

キッチンで足を止めると、振り向きざまに睨《にら》みつけ、矢継《やつ》ぎ早《ばや》に文句を言った。

「さっきの電話、あれなに？　立花、おまえ……俺をなめてんのか。無理をさせたくない？　好きの重さが違う？　じゃあ、おまえの『好き』はどんだけのもんなんだよ」

ものすごい剣幕《けんまく》でつめ寄られ、我知らず後ずさりして壁に背中をぶつけた。どうやらとても怒っているようだ。こんな口の悪い一小路は今まで見たことがない。

「い……いや、気を悪くしたなら謝るよ。俺はそういうつもりじゃなくて、ただ、もうおまえに迷惑をかけたく――」

「だーから、ひとりで決めるなって。話をするにも、おまえが電話に出なけりゃここにかっとんで来るしかないだろう。こっちにだって言い分があるんだ。なのに、そういう頑固なところも、ちっとも変わってないな」

ふん、と鼻息を荒くして仁王立ちになる。よほど怒り心頭のようだ。

それにしても奇妙だった。どんなときも自分のペースを崩さず、熱くなったり感情を爆発させたりなどしなかった一小路が、なにをそこまで怒っているのか。

正直なところ航平は計りかねていた。

「途中で電話を切ったのは本当に悪かった。大人として最低だった。それで怒ってるのなら俺は心から謝るし、いくらでも――」

「違う。話はそこじゃない。おまえも悩んだ末の決断だったのかもしれないが、その前にひとこと相談してくれ。いきなり別れるって……俺の立場はどうなる？　ひとりで浮かれてバカみたいだろ」

「浮かれる……？　だから、電話でも言ったように、どっちでもいいなら俺と別れようが一小路はべつに困りはしないだろ」

「困る」

「――えっ」

目をしばたたかせていると、一小路は両腕を組み、ふんぞり返って言い放った。

「猛烈に困る。とにかく困る。だからおまえを説得に来たんじゃないか」

「……」

「好きの重さが違うってなに？　おまえは俺の気持ちが軽いってそう言いたいのかよ」

「そんなことは……」

「いや思ってる。だから別れるとかふざけたこと言ってんだ。冗談じゃない。いいか、俺の好きがおまえより劣るわけないだろうが」

航平は思わずぽかんとした。

なんなんだろう。さっきからなぜか、もやもやした違和感が頭の片隅から離れない。

もしかして一小路は――。怒っているというよりもすねている？

恥も外聞もなく余裕を失った子供のように、感情をストレートにぶつけてくる一小路に、航平は面食らっていた。一小路は前からこんな男だっただろうか。

「あのさ、ひとつ訊いていいか」

「なんだ」

「どうして一小路はそんなにムキになってるんだ？」

「そりゃあムキにもなるだろう。おまえが離れていくかどうかの瀬戸際だっつうのに。俺はもう二度と立花を失いたくないんだっ！」

最後はキッチンに響くような、大きな声だった。航平は目を見開いて一小路を見る。

「――悪い、夜遅いのに……」

ばつが悪そうに視線をそらすと、はぁとため息をついて片手で顔を覆った。

「すまないが……煙草《たばこ》を吸わせてもらっていいか。一本でいい」

「あぁ、全然。気にせず吸ってくれ」

一小路は自ら換気扇を回して、その下で煙草に火をつけた。携帯灰皿を手にもち、深く煙を吸ってはゆっくりと吐きだす。白い煙がゆらゆらと換気扇に吸い込まれていく。

髪の毛はまだ少し濡れていて、ジャケットも羽織らず薄着だった。鞄《かばん》のかわりにビニールの買い物袋をもち、その中に携帯電話や財布やらが入っているようだ。とるものもとりあえず、家を飛び出してきたという様子がうかがえる。

（そんなに慌てて――）

一小路は深呼吸でも繰り返すかのように、長い時間をかけて一本の煙草を吸い終えた。

「よかったら、飲むか？」

水の入ったコップを差しだすと、少し落ち着いたような顔で「サンキュ」と受け取った。喉を鳴らしてうまそうに飲むと、空になったコップを見つめてぼそっともらす。

「いきなり押しかけて悪かったな。こんな醜態さらすつもりはなかったんだが……。それで、風邪の具合はどうなんだ？　よくなったのか」

「いや、まあ――」

　怪しんでいるような顔に口ごもると、仮病ならいいけどなとコップをテーブルに置いた。

（醜態って……）

　たしかに航平が知る一小路とは違う。はじめて見る興奮した姿に驚いた。けれど、それをみっともないとは思わない。むしろもっともっと知りたい。

　一小路の困った顔や怒った顔。ふてくされた姿に、取り乱した姿。今まで見せなかったいろんな顔。一小路のことを残さずすべて知りたい。

「なあ、俺を失いたくないって――。それは一小路は俺と別れたくないってことか？」

「今さらそれを訊くかよ」

　眉間《みけん》に皺《しわ》をよせて横目でじろりと睨まれる。呆れるのを通り越して不愉快そうだ。

「高校のとき、立花が離れていって、俺は追いかけなかったことをずっと後悔してた。だから今度こそ、おまえを逃がしたくない」

「どうしてそこまで……」

　一気に距離をつめられ、腕を強くつかまれて、航平ははっとした。射貫くような熱い視線。その真剣な様子は、前に夢の中でキスされたときと同じだった。

「だから、おまえが好きなんだよ。俺はずいぶん前から立花が好きだったんだ」

「えっ」

「友達としてじゃないぞ。セックスの相手としてだ。俺は——男同士に偏見がないんじゃなくて、男しかだめなんだ。でもおまえにはまだ迷いがあったみたいだから……。逃げ道を作っておいたほうがいいと思って、どっちでもいいと言ったんだよ」

航平はしばらく考えたのち、『男しかだめ』というリアルな意味をようやく理解した。

「な、なんだって⁉」

驚きのあまり大きな声を出してしまった。

「……ちょ、待てよ。でも、一小路は高校のときに好きな子がいたんじゃないのか」

なぜそれを知ってるんだ、という怪訝《けげん》そうな顔で見ると、「秋川だな」と口許を歪《ゆが》めた。

「隠してたけど、それはおまえだよ」

「う……嘘、だろ？」

頭の中が混乱して開いた口が塞《ふさ》がらない。動揺のあまり顎《あご》を落としたまま、まぬけ面でまばたきもせずに一小路を凝視していた。

——一小路は男しかだめで、高校のときに好きだった子が、実は俺だった……？

いったいなにがどうなっているのか。いやいや、絶対にありえないだろう。

「高校のときからというか、正確にはもっと前だ。中学ではじめて立花を見て、こいつを手に入れたいと思った」

「……っ」

カーッと頭に血がのぼった。今ものすごく恥ずかしいことを耳にした気がする。

「好きになったのは俺のほうがさきなんだ。だからおまえに好きの重さが違うとか、絶対に言われたくない。わかったか！」

歯切れよく勇ましい声で啖呵《たんか》をきられて、航平は口をぱくぱくとさせるばかりだ。

「そ……そんなの、信じられるかよ。どうして急にそんな話に――。中学でって、いつどこで⁉　俺は全然知らないぞ！」

「そりゃそうだろ。おまえは俺のことなんか覚えてるはずない。もっと夢中になってるもんがあったからな」

一小路は手にしたビニール袋の中から、フォトアルバムらしきものを取り出した。

「本音を言えば、これは見せずに口説きたかったんだが。ここまできたら仕方がない」

「口説くって……」

「おまえは論より証拠というタイプだしな。これを見たら、文句も言えなくなる」

たしかにそのとおりではあるが、なんの写真なのかと手渡されたアルバムを開いた。

そこには何枚もの写真が、丁寧に収められていた。すべて剣道の試合中の様子を撮ったもので、どの写真にも特定の選手がクローズアップされていた。

「これ、中学のときの俺だ……」

紺色の防具に中央の垂《たれ》につけたゼッケン。学校名と『立花』という名前を確認しなくても、航平にはすぐに自分だとわかった。

試合場内に入って立礼をしている姿。中段に竹刀《しない》をかまえる。対戦相手と竹刀を交じえて睨み合う。竹刀を振りかぶり踏み出す姿。みごとに面打ちが決まった瞬間。

試合中の緊迫感や迫力がそのまま伝わってくるような、臨場感あふれる写真ばかり。数えれきないほどたくさんの枚数があった。

大会にはいくども参加しているが、この日のことはとてもよく覚えている。航平が個人戦ではじめて優勝した県大会だった。

「どうしてこの写真を一小路が――」

「それは全部俺が撮ったんだ」

弾けるように顔を上げると、一小路は目を細めて柔和な笑みを口許にたたえていた。

「俺もこの日、会場にいたんだよ」

クラブ活動の一環で、自校の選手の撮影に行ったらしい。剣道に興味がなかった一小路は、写真も撮らずにふらふらしていた。そうしたらひとりの選手に目が引きつけられた。

それが航平だった。

素人目にもその選手がほかの者とは違うとすぐにわかった。まるで航平にだけスポットライトがあたっているかのように、輝いて見えたのだという。なぜなら航平が誰よりも強く、そして美しかったからだ。

立ち姿の凜々《りり》しさに、一礼の静謐《せいひつ》さ。試合中の力強い足さばき、技の切れ。踏み込む瞬間のスピード。息をのむ速さにシャッターが追いつかない。面や胴という重そうな防具をつけているにもかかわらず、彼がこの世で一番軽やかに見えた。

他校の選手であるにもかかわらず、一小路は航平の写真を夢中になって撮りまくった。航平の勇姿や試合運びに魅せられ、ときにはカメラを向けるのを忘れたりもした。

スポーツを見て感動するなどなかった一小路が、その日はじめて人間の肉体の輝きを肌で感じとったのだ。

「あのときのおまえの顔……一生俺は忘れない」

試合の待ち時間のあいだも、武者人形のようにむっつりとして正座をしていた航平が、優勝を決めて面をはずした直後、このうえなく嬉しそうな顔で天井をあおいだ。

その様子を見て一小路は悟った。彼は剣道が好きで好きでたまらないのだ。だから誰にも負けたくないのだと――。

そしてのちに自分が撮った写真を現像して、一小路はひどく落胆した。そこに写っている航平からは、会場で見たときのような輝きがまったく感じられなかったからだ。

試合中の動きの美しさも、技が決まった瞬間のショットも、胸に迫ってこない。こんなのは彼じゃない。一小路は自分の腕に失望して、それからは人物を撮らなくなったのだ。

「それじゃあ、一小路が人を撮らないと決めたのは……」

「おまえの試合を見たからだよ。本物にはとうていかなわないって気づかされた」

「俺のせいで――」

航平はあらためてフォトアルバムの写真を見つめた。一小路は『これは立花じゃない』と悲観するが、航平はそうは思わなかった。

今まで両親やそれこそプロのカメラマンが写真を撮ってくれた。その中でも一番、この一小路の写真が心に響くものがあった。なにより自分らしくて好きだった。

どの写真もスピード感があり、生き生きとして今にも動き出しそうだ。動画をコマ送りしたような絶妙なシャッターチャンスで、一瞬一瞬が切りとられている。まるでその瞬間の航平のためらいや闘志さえも、その写真に写し撮られているようだった。

それでも一小路は満足していないという。彼の目にその日の自分は、いったいどんなふうに見えていたのか。一小路にそこまで過大評価されるほど、仰々《ぎょうぎょう》しいとは思えない。

（あの会場に中学生の一小路がいて、俺にカメラを向けていた……）

過去にさかのぼって想像すると、ひどく胸に込み上げるものがあった。しかしよもや自分のせいで、一小路が大好きな写真に限界を感じていたとは――。

「俺はこの日おまえに出会えてよかったと、心からそう思ってる」

一小路はすっきりした面持ちで続けた。

「高校で偶然一緒になったときなんか、小躍りしたい気分だった。運動部が盛んな高校を選んだのはたしかだが、剣道の強豪校はいくつかあったし、まさかビンゴだとは――」

とても嬉しそうに破顔する。幸せを独り占めしたような彼の笑顔に、どぎまぎした。

「一年のときから、どうやっておまえと仲良くなるか、そればっかり考えてたよ」

一小路は入学してから頻繁《ひんぱん》に剣道場へ足を運び、航平の練習姿を盗み見ていたようだ。

「クラスも違うしきっかけがつかめなくて、こっそりおまえの姿ばかり捜してた。まあ、立花は全然気づいてないだろうが、あのときの俺は間違いなくストーカーだな」

「……怖いぞ。声かけろよ」

笑えない事実に、航平は顔をしかめた。

「会えるのは部活中ぐらいだし、話しかけようものなら、叩き出されそうな雰囲気だったろ。それにあまり積極的に近づいて警戒されては困る。なんせこっちには下心があったから」

慎重にならざるを得なかったらしい。それがラッキーなことに、二年でクラスが同じになり、これは神様も味方しているに違いないとテンションが上がりまくった。

剣道場でうまい具合に航平から話しかけられたときは、天にも昇る心地だったようだ。

「なんだよそれ」

思わずふきだしそうになる。

「チビにも感謝してる。もちろん犬は大好きだが、俺の目的はおまえだったからな」

チビは当時飼いはじめたばかりの豆柴犬《まめしばいぬ》だ。にやけ面の一小路の口から次々と暴露話が飛び出して、どう返答すればいいのか、脇腹がくすぐったい感覚にぽおっとなる。

「俺は男しか抱けないが――、おまえはそうじゃない。秋川と親しくしてたのは、好意があるのかと考えたら……つらかったよ」

「親しいというか、あれは――」

たまたま教科係が同じになり、ふたりで雑務をするのが増えたからだ。それに秋川の話はだいたいが一小路にかたよっていた。

「秋川とのキスを見られて、おまえが急によそよそしくなったから、あぁやっぱり彼女が好きだったのかと……」

一小路は目をそむけた。航平に未練はあったようだが、しつこく追いかけても自分がみじめなだけだった。どうせ振り向いてももらえない相手なのだからと、言い聞かせていたようだ。

「俺が秋川にキスしたのは、彼女に嫉妬《しっと》したからだ。立花に好いてもらっていながら、俺を好きだという。それが――」

歯がゆかったと、積年の苦しみを吐き出すかのように、ぽつりともらした。

「最低だろ」

航平はなにも言えなかった。自分だって似たようなものだからだ。それに一小路が自分を好きだという実感が、まだまったくわかないのだ。まるで他人事《ひとごと》のように感じられた。

「秋川はたぶんあのとき、俺がおまえを好きだと気がついてただろうな」

「えっ！」

秋川に『好きな子って誰』と問われたときに、一小路は平然と『女の子じゃない』と答えたのだった。そしたら秋川は思い当たる男子がいたようで、驚いた顔をしていたという。

――ということは、このあいだ会ったときに確認してきたのは、秋川にとっても恋敵である航平に、鎌《かま》をかけたのかもしれない。

「まさか、彼女がそんなつもりで……」

「立花と違って女子はそういうの鋭いからな。俺がおまえに色目を使って、優しくしてたのがばれてたんだろう」

「それは俺が鈍いって言いたいのかよ。というか、一小路は誰にでも優しかったじゃないか。とくに女子には愛想がよかったぞ」

「それは処世術だ。社会的マイノリティは、味方を多く作ってないと生きにくいからな。それに誰にでも優しいわけじゃない」

意外とシビアだったようで、航平は今になって少しずつ一小路の本性をあらためた。

「おまえはもっと自由で、そういうの全然気にしないタイプだと思った」

「自由なわけあるか。このあいだ言っただろ。俺は弱点だらけだって。どうすればおまえに好きになってもらえるか、そればっかり考えてた、気の小さい男なんだ」

「よ……よく言うぜ」

航平はうっすら顔を赤らめて、目線をあちこちに泳がせた。嬉しいような恥ずかしいような、奇妙なドキドキ感が胸にあふれる。

「立花に優しくしてたのも、もちろん期待があってのことだからな」

「期待？」

「おまえの気を引くために決まってるだろ。言っておくけど、俺は他人の相談にのったり愚痴《ぐち》を聞いたりするのは、嫌いなんだ」

「じゃあ、おまえいやいや……」

「いやいやじゃない。だから、おまえならいいんだよ。立花は特別なんだ。部活の悩みだろうがなんだろうが、俺にだけ弱音を吐いてくれるのが嬉しかったし、もっと甘えてほしかった。どうでもいいやつなんかに優しくするか。好きだから、必死になるんだろ」

「一小路……」

たしかに必死だと思った。

寒さの厳しい十二月に、しかもクリスマスの夜、濡れた髪のままフォトアルバムを握り締めて家まで押しかけ、なんとかして航平をつなぎとめておこうとする。

そんな一小路がけなげで愛《いと》しくて、どうしてそんなにつらそうな顔をしているのかと、バカだなと肩をこづきたくなるような、余裕なんか全然ない一小路が、もうむちゃくちゃ好きなんだと航平はたった今思い知った。

「立花、おまえ……泣きそうな顔してる」

おもむろに一小路の腕の中にふわりと抱きしめられた。わずかに震える腕やつめた息に、泣きそうなのは一小路じゃないのかと、航平は同じように腰に腕を回して彼を抱きとめた。

（そうか、一小路も不安だったんだな……）

胸の底でくすぶっていた熱と疼《うず》きが、少しずつ解き放たれていくのを感じた。そして新たにたとえようのない安心感と、甘くてやわらかな恋情が、胸いっぱいに広がっていく。

「一小路……悪かった。やっぱり俺、別れたくない。ほんとすまない。自分のことばっかりで……おまえの気持ちを考えようとしなかった」

抱きしめられた耳もとで、ふっと笑いがこぼれて、吐息が首筋をくすぐった。

「わかってる、もういいから。たとえおまえがまた友達に戻りたいとか言っても、俺はなんとしても阻止するからな。手探りでいいから、これから一緒にやっていこう」

抱きしめていた一小路の腕の力がぎゅっと強まり、航平も応えるように抱きついた。

（シャンプーの匂い……）

急激に距離が縮まり、今までは離れて見えなかったものが見えた気がした。どこか他人事のように思えていたこの状況が、現実となり航平の心を激しくゆさぶった。

「俺、一小路を好きになってよかった……。おまえが男でよかった」

「だから、そういうかわいいこと言うなって。我慢してたのに理性がもたないだろう」

すぐに一小路の顔が近づいてきた。航平も誘われるように目を閉じて迎えにいく。ちゅっと、一小路が上唇を食《は》むと、それを合図にしたかのように、互いに相手の舌を探し求めた。

「ん……っ……」

角度を変えて舌をからませ、唇を押しつけて舐《な》めるように軽く吸う。決して激しくはないものの、濃密で甘い口づけにふたりは夢中になる。何度も深いキスを味わった。

「——一……小路……っ」

はじめてのキスはされるいっぽうで、ただ頭がぼおっとしてなにも考えられなかった。でも今は違う。キスが深くなればなるほど、一小路を好きだという想いが積み重なっていく。

「ちょ……待てっ…」

そして、そこはかとなく下腹部に熱が集まっていくのを感じて、航平はわずかに息を弾ませながら身をよじった。一小路の肩を軽く両手で押し返して身を離すと顔を伏せた。

「どうした?」

キスは終わったはずなのに、一小路は航平の頬《ほお》に唇を押しあてて、顔をすりつけてくる。

「やめろ、くすぐったいだろ……」

小さく笑いながら顔をそむけると、ふたたび一小路が背中に腕を回して抱きついてきた。ほんの数センチの身長差なのに、覆いかぶさるような格好で、一小路は動かない。

「――…好きだ」

聞こえるか聞こえないか、吐息まじりの声。

甘やかな響きが心のやわらかな部分に染み渡る。その心地よさに航平は深く酔いしれた。

「やっと立花が俺のものになった」

一小路の肩に額をコツンとつけて、言われたことを何度も頭の中で反芻《はんすう》した。

――そっか、俺は一小路のものなのか。

首の後ろがこそばゆいような幸福感に、つい頬がゆるんでしまう。航平は頭を起こして、目の前にある一小路の顔をまじまじと見つめた。

「なんだよ、そんな目で見るなよ。いいだろ、ちょっとぐらい寒いこと言っても」

「そうじゃなくて……本当に俺が好きなんだよな？」

真顔で尋ねる航平に、一小路はきょとんとした顔で、「当たり前じゃないか」と笑う。

その楽しげな笑顔を見ていると、もうほかにはなにもいらないと思った。一番大好きな人がそばで笑ってくれて、自分を好きだという。それだけで幸せだ。

――よかった。一小路が俺を好きになってくれて、本当によかった。

そう痛切に感じた瞬間。喉の奥から熱いものが込み上げてきて、自然と涙がこぼれた。

「おい、どうして泣いてる？」

航平は口許に笑みを浮かべたまま、「なんでもない」と軽く頭を振って涙をぬぐった。

「嬉しいんだ……。またおまえの笑顔が見れて、すごく嬉しい。一小路が俺を好きとか……ほんと夢のようで……」

死にそうだと、顔をうつむかせた。航平の頭を一小路は自分の胸へと抱き寄せる。

「そうか、じゃあその前に——やるべきことをやっておこう。夢じゃないと、おまえの体にわからせてやるから」

なんだろうかと首をかしげると、一小路は晴れやかな顔で「夢なんかより、もっといい世界を見せてやるよ」と不敵に微笑《ほほえ》んだ。

「や——やるべきことって、これか…よ」

すでに息があがっている航平は、向き合って座っている一小路の肩にしがみつく。立てた膝《ひざ》がぶつかり合い、太腿《ふともも》の内側では一小路の手がいやらしい動きをしていた。

「おまえが死にそうとか、甘えた声を出すからいけないんだ。こっちが死にそうになったぞ」

こぼれた笑いが吐息となって、航平の肩をかすめていく。こんな恥ずかしい体勢で、落ち着いて冗談まで言えるのが恨めしい。航平は一小路の顔さえ見れないというのに。

なし崩しにベッドへと移動して、一小路がキスをしながら航平のトレーナーを脱がした。そのまま下半身にふれられて、スウェットパンツのゴムを引き下げようとする手を一度は止めにかかったのだけれど、たくみなキスに翻弄《ほんろう》されてしまったのだ。

いつの間にか下着の中に手を突っ込まれ、向かい合って座ったまま、自分だけ熱をもちはじめた中央をいじられている。一小路は服さえ乱れていない。

「な、なんで、俺……ばっかり」

「ん？　あぁ……立花もしたいならしていいけど、そんな余裕ないだろ。とりあえず感じとけばいいから」

たしかにそのとおりで、でもさわってみたいという気持ちはある。ただ、一小路の手がこまやかに快楽の急所を刺激してくるので、つけ入る隙《すき》がなく身を任せるしかなかった。

「ふっ、ぅん…っ」

完全に勃《た》ち上がった屹立《きつりつ》に、男の細長い指がからみついてくる。筒のようにした手で、形を確認するかのように数回こすられて、ひゅっと息がもれた。

「高校のときも、自分でやったりしてたか」

「た……たまに」

「まあ、普通はしょっちゅうやるよな」

そう言って航平の股間《こかん》に視線を落とすと、軽く握り込んだまま手の動きを止めた。

「くっそぉ、こんな立派になりやがって……。十年前はさぞここもかわいかっただろうにな。筆下ろしは俺がやりたかったよ」

とても残念そうにしみじみとぼやかれて、航平は背筋に悪寒《おかん》が走った。

「おまえは変態かっ！」

真っ赤な顔で一小路を睨みつけると「おっ、やっと顔を見せたな」と笑われた。

「隠してないで、感じてる顔も見せろよ」

なっ、とついばむようなキスを奪われる。序盤からすっかり一小路のペースで、航平は情けなくも「くぅ～」と喉を鳴らしてふたたび顔を伏せた。

「だ、だから、恥ずかしいんだよっ……」

人生はじめての経験で、しかも自分のものを握っているのがあの一小路かと思うと、それだけで興奮の度合いが違うのだ。

「まっ、いいか。いずれ、そうも言ってられなくなるし。天国にいかせてやるからさ」

耳もとで息を吹き込むようにささやかれ、鳥肌が立った。こいつ、実はそうとうなタラシじゃないかと思いながらも、手が愛撫《あいぶ》をほどこすとそれどころではなくなってしまう。

「あっ、待て……そこっ…」

反《そ》り返った性器の先端を、指の腹で押しつぶすようにぐりぐりとなで回される。

「…は…っ、ぁ…」

「いいんだろ？　もう、あふれてきてる」

にじみ出た先走りの液を、先端の丸みにぬりたくるようにして、さらに幹全体を手のひらで強くこすられた。

「んっ、それ、い…い…」

「気持ちいい？　もっとよくしてやるから」

一小路の肩に顔を埋めるようにして、我知らず小さくうなずいていた。今まで知る手淫《しゅいん》とはくらべものにならないほどの快感。そして奇妙な背徳感が航平から理性を奪いつつあった。

「ぬるぬるになってきたな」

含み笑いのまじった声で、ぬめりを帯びた航平の昂《たかぶ》りを大胆にしごいた。

「…っ、ぁ…」

握り込んだ手が根元から先端まで、強弱をつけてあますところなくスライドする。そのうえ袋までやわやわともまれて、自然と腰が浮き上がりそうになった。

「あ、待っ…あ、あぁ」

一小路の首にすがるようにして愉悦に酔いしれていると、ふいにその腕をはずされて胸を押し返された。上半身が少しだけ離れると、一小路は航平の鎖骨に舌を這《は》わせていく。

「――んっ…」

厚みのある濡《ぬ》れた舌先が、つつっと筋を描いて片方の尖《とが》りにいきつく。小さな粒を口にふくまれた途端、航平は息をのんだ。

「ちょ…な、なに、まっ…」

「いいから、じっとしてろ。ここは男も感じるから。いじられたことないなら覚えろ」

ただの飾りでしかなかった胸の突起を、唇ですり合わせるように吸われて、じんと痺《しび》れるような快感が走った。航平は思わず胸を反らして後ろ手でベッドに両手をつく。

「マ…マジ、かよ…」

一小路が自分の胸に吸いついている。信じられない光景に航平は顔をそむけるが、意識は一点だけに向けられていた。

「……くっ、ふ…っ」

舌先で尖りを転がされ、指でも引っかいたり押しつぶされたりしているうちに、新芽のように硬くなっていく。それが自分でもなんとなくわかって、羞恥《しゅうち》からさらに感じた。

「感度はいいな」

「なっ…、なに、言って……」

航平の反応を面白がりながら一小路は愛撫を続けた。爪の先で尖った粒をいじり回して、もう片方の手で下半身を握り込む。硬く張りつめた性器は何度かこすられただけで、ひくひくと痙攣《けいれん》して液をあふれさせた。

「い――、一小路…、待て、やば…っ」

絶頂の兆《きざ》しが見えかけたところで、手が離れて放置され、ふっと小さく息をつくのと同時に一小路が下腹部に顔を埋めた。

「えっ、あぁっ……！　嘘っ、だろ……」

なんのためらいもなく、一小路は航平のものを口にふくんでいた。その頭をつかもうとしたが、すぼめた唇がゆるく往復しただけで、理性が焼ききれた。

「ひ…ぁっ…」

まとわりつく口腔《こうこう》の熱い粘膜と、ぬめった舌にこすられて、想像を絶するような愉悦が脳髄を駆け抜けていく。

「…はっ、もっ、やめ…、ぁ」

舌先が裏筋を這うようになぞり、張り出した部分も丁寧に舐められる。窪《くぼ》みを突《つつ》かれて吸われると、声が止められなかった。

「あぁっ、はっ、あっ！」

航平は苦悶《くもん》の表情で、腰砕けになりそうな快楽を貪《むさぼ》った。こんな気持ちよさは知らない。

口の奥まで入れられて、強弱をつけて上下にしごかれると、ひとたまりもなかった。

「あ…っ、待て、い――、く…っ！」

下腹でぐずついていた熱が一気に弾《はじ》け跳び、一小路の口の中に精を放っていた。

「――ぁ、…ふっ…」

上体をのけぞらせたまま、航平は腰をびくつかせる。気が遠くなるような激しい射精感に飲み込まれ、その余韻に浸りながらうっすらと目を開けたら――。

「ごちそうさま」

うまかったと、一小路が濡れた口許を手の甲でぬぐいながら、平然とそう言った。

「お…おまえ、まさか今の——」

「ああ、飲んだけど。だめだったか」

「………」

航平は絶句した。

彼女にもそんな行為をさせたことなかったのに、十年来の元友人、そして現恋人である大切な一小路に、自分の精液を飲ませてしまった。

「俺は、なんてことを——」

とんでもない罪悪感から、そのままコテンとベッドの上で横に寝転がって放心する。

「なんだ、どうした?」

「ごめんな……。おまえに飲ませようとか、そんなの全然——」

魂が抜けたような声でぼそぼそと言い続けていると、肩をつかまれてのぞき込まれる。

「待て待て、ヘコむほどでもないだろう。それに俺は好きで飲んでんだから」

「す——好きで、男の精液を……?」

ゾンビでも見るような目をしていたのか、一小路はわずかに表情を曇らせた。けれどすぐに、ふっと自嘲的な笑みを浮かべた。

「そうだな、おまえには理解不能かもしれないが……。俺はゲイだから、好きな男の精液ならいくらでも飲めるし、ちんぽもしゃぶるし、尻《しり》の穴だって舐められる。そういう男なんだよ。だから、おまえが気にすることはないんだ」

もの悲しげな顔で見下ろされて、航平は軽はずみな発言を後悔して起き上がった。

「わ、悪かった……！　無神経なこと言って、おまえを傷つけた。そんなつもりはなかったんだ。ほんと、すまない」

ベッドの上で正座をして頭を下げる。

「俺は初心者だから、その……男同士はよくわからないんだ。でも、されるばっかりじゃなく、同じようにおまえを気持ちよくしたいんだが。どうすりゃいい？」

頭を起こして見上げると、一小路は驚いて目を丸くしたのち嬉しそうに笑った。

「じゃあ、俺のもしてもらおうかな」

「――えっ」

シャツのボタンをはずして前をはだけると、ベルトをゆるめてズボンのファスナーをゆっくりと下ろす。ボクサーパンツの前はすでに膨らんでいて、航平はごくりと喉を鳴らした。

「無理はしなくていいから。立花がいやじゃないなら、俺のもさわってほしい」

控えめなもの言いとは裏腹に、目の前に突きつけられた欲望の存在は顕著だった。無理をするどころか、航平はえもいわれぬ興奮に襲われて鼓動が速まった。

「いやなわけないだろ」

航平も膝立ちになると、一小路は満足げに口角をつり上げて、挑発するようにボクサーパンツの片側だけを引き下げた。

「立花……」

布地を押し上げているボクサーパンツの中から、航平は一小路のものを取り出した。太くて張りのある剛直は、彼の体格に見合ったサイズでたくましかった。

まさかこうして勃起《ぼっき》した男性器を拝む日がくるとは夢にも思わなかったけれど、これが一小路のだと思うと、ひどくエロティックな気分になった。

慣れない手つきでこすり上げると、さらに硬さを増して天を突くほど反り返った。その手ごたえが嬉しくて、丁寧になでさするようにして太い幹に愛撫をほどこした。

「……んっ……」

一小路の口から小さいあえぎがもれて、感じてくれているのがわかった。ちらちらと様子をうかがいながら手を上下させていると、

「そんな不安そうな顔で見るなよ、すごくいいから。――っていうか、俺が恥ずかしい」

そう言いながら苦笑する。

「あっ、悪かった……、そうだよな」

一小路の反応を見たいのは自分も同じだったのだが、あからさまだったようだ。でも、感じ

てくれているようでほっとした。

手の中で熱く息づく強ばりを、思いきって口にくわえる。一小路としては予想外だったのか、

「なっ…」と驚きの声に近い息をもらして、航平の髪の毛をつかんだ。

口には入れたものの、やり方がわからなくて少しのあいだじっとしていたら、

「――立花、舌を使って舐めて……」

航平の身を案じて頭をなでながら、優しい声でそう言った。同時に自分の中でなにか吹っ切れるものがあり、素直に一小路がほしいと思った。

航平は身をかがめたまま、硬くしこった性器の先端をちゅっと吸い上げた。キスするように何度か先っぽを食んで、張り出した部分に舌を這わせる。じっくりと舐め上げると、一小路がかすかに喉を鳴らした。

「……立花」

吐息まじりにそう言って、無意識なのか髪の毛をわしづかみにされたが、航平は気にせず続けた。一小路がさきほど自分にやってくれた行為を思い出しながら、歯を立てないように唇を上下にスライドさせる。

「…ふっ、あぁ…いい」

鈴口からにじみ出た粘り気のある体液が、苦みと濃厚な香りを漂わせて、鼻孔《びこう》を抜けていく。むせ返りそうになりながらも、航平は勢いをつけて口で幹をしごいた。

はち切れんばかりの屹立が口の中で引きつり、まるで凶暴な生き物のように脈打つ。

呼吸が苦しくなりいったん抜くと、唾液《だえき》が糸を引いた。航平は自身の濡れた口許を手の甲で雑にぬぐい、しなった幹に手をそえて窪みを舌先で突いた。

「んっ……」

もどかしいような吐息が頭上で聞こえて、ここがいいのかと、円を描くように舐め回す。小さな割れ目からあふれ出る玉の雫《しずく》を吸いとると、一小路が身をよじるようにして腰を引いた。

「こら、あおりすぎだぞ」

なぜかむっとしたような顔で文句を言うと、やや乱暴に航平の頭を後ろからつかみ、口の中に自身を突っ込んだ。

「くっ…ぁ…」

強引に喉の奥まで入れられて咳《せ》き込みそうになったが、一小路はかまわず腰をゆっくり前後に動かした。張り出した先端から根元近くまで埋めて、口腔の粘膜にすりつける。

「…あ…ぅっ」

ただちに形勢が逆転して航平は困惑した。怒らせるようなことをした覚えはないのだが、熱くなった一小路は一方的に腰を進めた。しだいに突き上げるピッチが速くなり、航平は息苦しさに目をつぶった。自然と目尻に涙がにじむ。

「——んっ、んんっ…」

「もう…ちょっと、我慢しろ」

一小路は夢中になって勃起した性器を口の中に押し込み、航平はされるがままだった。開きっぱなしの口から、唾液と先走りの液がまじったものがあふれて顎へと滴っていく。

何度か激しく腰をグラインドさせると、一小路は痙攣するように下腹を震わせて、先端からどろりとした熱を放った。欲望がびくびくと弾けるのと同時に、あっというまに口の中が精液でいっぱいになる。

呼吸の限界に達した航平は「…はっ！」と顔をそむけてベッドに尻餅《しりもち》をついた。口許を手で押さえたときには間に合わず、けほけほと咳き込みながら吐き出していた。

「おい、平気か？」

ベッドの上で四つん這いになり、探り当てたティッシュを口にあてる。乱れた息を整えながら、汚れた口の周りをぬぐった。

「ご…ごめん、俺は――」

「ああ、いいよ、そこまで求めてない。立花がかわいかったから、ちょっと意地悪したくなったんだ。手荒にして悪かったな」

伏せた頭をぽんぽんと軽く叩かれる。両手をついてうなだれていた航平は面を上げた。一小路は雑誌の表紙を飾れるような、爽《さわ》やかな笑みを見せていた。

「……」

航平は返答に窮《きゅう》した。なにがどうかわいかったのかもわからないし、それでどうしてこういう流れになるのかも謎だ。

(俺——、このさき大丈夫か?)

なんとなくいやな予感がしていると、一小路が不気味なほどきれいな顔で言った。

「ちょうどいいから、そのポーズのまま尻をこっちに向けて。挿《い》れる準備をするから」

「挿れる?」

ベッドから下りた一小路が、ビニールの袋の中からなにかを取り出すのを、航平は四つん這いになったまま首をひねって見ていた。

「まさか……」

一小路は手にした小さいボトルの蓋《ふた》を開けながら、ラブローションと得意げに説明する。目をむいてフリーズした航平は、「それ、わざわざ持ってきたのか」と青くなった。

「用意周到だろう。立花に痛い思いはさせたくないからな。感謝しろよ」

笑顔でそう言いながらベッドに上がってくる男の前で、航平はとっさに体を反転させて壁まで飛びのいた。

「ま——待てっ!」

男同士のセックスがどういうものなのか、航平も知らないわけではない。ただ、はじめから挿入など考えていなかったし、ましてや自分が受け入れる側なんて——。

「俺？　俺がおまえにされるほうなのかっ……？」

　すると一小路は驚いた顔で目を細めた。

「なに、立花……俺に挿れたかったの？」

　そうあからさまに訊かれると、挿れたいと答えるのは恥ずかしい。でも、男なら誰でも好きな人を抱きたいと思うものではないか。

「いや、あのそれは――」

「そうか、それは俺にとっても新境地だ……。けど立花、さっき自分で初心者だって言ってたよな。それでうまくできる自信ある？」

「……うっ」

「挿れるほうはいろいろ大変だぞ～。相手の体を気遣わないといけないから、相当のテクニックが必要だ。それでもやりたい？」

　にっこりと微笑みながら念を押されて、遠回しに男のプライドを傷つけられた気分だった。がっくりしているところに、一小路が近づいて耳もとで甘くささやいた。

「俺がおまえの中に入りたいんだ。おまえが俺のものだって体で感じたい。俺ので立花の中をめちゃくちゃにかき回して、経験したことのないエクスタシーを味わわせてやるからさ」

「なっ……！」

　顔に似合わない卑猥《ひわい》な言葉に、航平は首筋まで真っ赤になって、あわわと唇を震わせる。

「大丈夫、任せとけ。優しくするから」

機嫌をとるように深いキスをされて、まだ熱が残る股間をやわやわともまれると、もうどうでもいいかという気になってくる。射精後の余韻も合わさって、ほんの少しの刺激だけで頭がのぼせたようになり、くたりと身を任せてしまう。

まさに一小路の思うつぼで、航平はキスに酔いしれながらいつの間にかスウェットパンツも脱がされていた。全裸のまま壁に背中を預けて、立てた膝を大きく開かされている。

「最初は変な感じでも、慣れればすごくよくなる。力を抜いて楽にしてろよ」

どこか遠くで聞こえるような声に、うっすらと目を開けると、一小路が膝のあいだに体を割り込ませていた。航平の下腹から茂みの辺りにローションオイルを垂らしていく。

「――あっ…」

粘り気のある冷たい液体がとろりと滴ってきて、航平はぴくっと筋肉を引きつらせた。

「おまえの腹筋、ほんときれいだよな……」

見ほれた様子で言いながら、オイルを手のひらで腹の上全体に塗りたくっていく。

下生えの毛や、ふたたび頭をもたげはじめた昂り。その裏の深いところまで丁寧にまさぐられ、ぞわりとした蠢動《しゅんどう》が這い上がった。

「ちょ…、これっ、や、やばいかも……」

「だろ？　このぬるぬる感がたまらないだろ。ほら、また勃ってきたぞ」

そんなの、いちいち解説されなくてもわかってる。なんて意地の悪いやつなんだと、内心で毒づきながらも、体は心地よい酩酊《めいてい》感におぼれかけていた。

硬く反り返った幹を、オイルでぬめった手が何度か往復しただけで、腰がとろけそうな愉悦が泉のようにわき上がってくる。かすかに漂う甘い香りも、航平を惑わせた。

「う、ふ…っ…」

「そうそう、おとなしく感じてろ。これからが本番だからな」

一小路は航平の性器をやんわりと愛撫しながら、もう片方の手を双丘《そうきゅう》の谷間にそって奥へとすべらせた。ぬるりとした慣れない感触に、航平は小さくうめいて顔を横に向ける。

背中が壁からずり落ちて、中途半端に寝転ぶような体勢で足を折り曲げられていた。尻をさらけ出している恥ずかしさと、もっと気持ちよくしてほしいという貪欲さで、頭の中が沸騰しそうだ。一小路が指の腹で中央の窄《すぼ》まりをとらえると、加減を探るようになで回した。自分でも意識したことがない隠れた場所を暴かれて、航平は途端にうろたえた。今までの高揚感とは違う種類の動悸《どうき》に襲われる。

「待っ…、そこ」

「いいから、じっとしてろ。ひどいことはしないから。痛かったらすぐやめる」

やわらかな表情でのぞき込まれる。それでいて目はひどく真剣で、航平は大きく息を吐いて覚悟を決めた。

「わかった。おまえを信用してる」

目を閉じて全身の力を抜き体を投げ出す。ふっとかすかな笑い声とともに、「おまえって、ほんと男前」と言いながら髪の毛をぐしゃぐしゃとかき荒らされた。

それからの行為は押し寄せる波のごとく、航平から理性を奪い快楽の淵《ふち》へと追いつめた。

「ひ、ぁ…はっ…、ぁ…」

二本の指が奥まった内部を探るようにうごめく。すべりをまとった一小路の指がゆっくり出し入れされると、中でオイルがぐちゅりと淫猥《いんわい》な音をたてた。

「く…ぅ、はっ」

もみほぐされた窄まりに、指の先がつぷっと入ってきた瞬間は、なんとも言えない気分だった。けれど先が入ってしまえば、あとは一気にぬるっと奥まで長い指が届いた。

からみつく襞《ひだ》を割り開くようにして、一小路の指は優しく慎重に動き、ときおり強ばった媚《び》肉《にく》を押したりえぐったりした。狭い器官を指の腹でこすられて、経験のない感覚は気持ちいいどころではなく、たえるという苦行に等しかった。

それでも時間をかけて中で指を抜き差しされながら、勃ち上がった前をこすられると、背筋がぞくぞくするような甘美な疼きが駆け抜けた。

戸惑いしかなかった指での刺激が、丹念に中をほぐされるうちに、航平に変化をもたらした。

一小路の指がある部分をえぐるようになで回すと、ビリビリと痺れるような悦楽が下肢に走るのだ。

「ぅんっ、あぁっ…！　今の…」

「――ここ、すごくいいだろう。あとで、俺のでこすってやるからな」

含み笑いでいやらしい言い方をされて、羞恥といたたまれなさで言葉にならない。

今でさえすぐに達ってしまいそうなのに、一小路のものでそこを刺激されたら、と想像しただけでうろたえそうになってしまう。

「もっ、やめ…ろ、ぁ…」

ゆるんできた中を、速さを増した指が強くこすり上げていく。内部が締めつけるように収縮しているのが自分でもわかり、迫り上がってくる愉悦に航平は身もだえた。

「待て、まだ達くなよ」

さわられてもいないのに、先端から雫をぽたぽたと垂らしている屹立を強く握り込まれる。

もどかしさにたまらず「あぁっ…」とうめくと、後ろからぬるりと指が抜かれた。

一小路は荒々しいしぐさでシャツを脱ぎ捨てると、ズボンも下着ごととって裸になり、航平に覆いかぶさった。

「立花、うつ伏せになってくれ」

横向きになって荒い呼吸を続けていた航平の肩を、やや強引に押さえ込む。航平は言われるがままベッドにうつ伏せになった。

背後から航平の腰を持って軽く浮かせると、一小路は自身のものを何度かしごき上げて航平の尻にあてがった。身を伏せたまま、腰だけを高く上げた航平は、わけがわからないまま受け入れ態勢をとらされている。

双丘の筋道に硬い先端をすりつけるようにして、一小路は腰を前後に動かした。オイルとなじんで、太い幹がぬるぬるといったりきたりする感触に、航平は身震いする。

「ど、どうして……こんな」

挿れるにしても、どうしてこんな恥ずかしい体位で——と、一小路への不満感で頭の中がいっぱいになる。わざと屈辱的なポーズをとらされているような気がした。

「……いやだ…やめてくれ」

「いやだと言っても、今さら無理だ。挿れるから、息を吐いてろよ」

抗議の声も聞き入れられず、一小路は航平の腰を抱え直してゆっくりと身を進めた。

「——はっ！」

硬く、ぬめったものが中央にふれたかと思ったら、くぷっと先端が中に沈み込んだ。

あまり痛みはなかったが、ほころんだ輪をじわじわと押し広げて入ってくる存在感は、指とはくらべものにならない。

「やっ…、やめ、一小路…っ」

「腹に力を入れるな。深く息を吐き出して、中をゆるめてくれ。立花、頼むから……」

低くかすれた声で懇願するように言われて、息を吐きながら力を抜くことを意識した。まったく余裕などなかったが、一小路を受け入れたいという気持ちは強かった。

腰を突き出すようにして、奥まで一小路が入ってくると、航平はおのずから背中を弓なりにのけ反らせていた。

「いっ――あぁ…」

「……立花…」

一小路は挿入したまま航平を見下ろして、愛おしそうな声で名前を呼んだ。そのまま上半身を密着させるように伏せて、肩に唇を押しつけてくる。

「ぜ――全部入ったのか」

「ああ、無茶して悪かったな……」

そう言いながら、ついばむように何度も肩や首筋や背中にキスを散らしてくる。

「どうしても、後ろから抱きたかったんだ。おまえの背中――きれいだから」

つながったまま脇腹をなで上げられ、背骨にそって舌が這っていく。強引な挿入とは一転して、壊れ物でも扱うようなさわり方に、航平は胸が熱くなった。

「きれいって……どこが？」

「背筋とか、肩のラインとか。後ろ姿が、誰にも決して屈しない強さを漂わせてる。この凜《りん》とした背中が、いやらしく波打つのを見てみたいとずっと思ってた……」

そんな理由で背後から挿れられたのかと、なんだか複雑な心境ではあったけれど、一小路が満足ならこれでもいいかと思えた。

「立花は――もう俺だけのものだ。この背中も体も心も全部、絶対誰にも渡さない」

刻印でも押すかのように、背中のいたるところに口づけされる。航平は俺も同じ気持ちだと伝えたかったのだが、一小路がだしぬけに腰を動かしはじめてままならなくなった。

「――んっ、…ぁは…」

根元までおさめた剛直をゆっくりと引き抜き、ふたたび最奥まで埋めてくる。指でほぐした内部に自身の形を覚えさせるかのように、丹念に抜き差しを繰り返した。

「ふっ…ぁ…」

指でじゅうぶんに慣らされたおかげか、太い幹が狭い箇所を出入りしても、それほど苦痛はなかった。なめらかな腰の動きに合わせて前をもみしだかれて、なじみのある心地よさに息があがる。

「ここ、だよな。おまえの感じるところ」

じわじわと航平を攻め立てていた一小路が、入り口に近い浅い部分を軽く突き上げた。

「…あっ!、やばっ、そこ…」

「いいんだろ」

満足そうな声が後ろから聞こえて、航平は四つん這いになったまま、小さくうなずく。とう

に理性も男の面子《メンツ》もはがされて、もう、どうにでもしてくれという気分だった。

「は…早く、なんとかしてくれ」

「ああ、たっぷり感じさせてやるから」

こらえきれない様子で、深まった場所を腰でゆすりたてる。中をこねるように突き上げ、かき回す。自身の存在を誇示するかのように、航平の体を隅々まで味わい、腹をすりつけた。

「あ、い…あぁっ…」

一番感じるポイントをあえてじらしているような動きに、航平は背中をうねらせる。

「立花……かわいい。おまえは最高の男だよ」

航平の腰を引き寄せると、一小路は力強く矛先を突き入れ、ずるりと中から抜き出し、速いピッチで一定の律動を送り込む。快楽におぼれきっていた航平は、自ら尻を高く突き上げた。

「あぁ、あっ、はっ…」

「…くそっ、エロすぎ、だろ」

一小路は計ったかのように、ある場所ばかりに硬く張り出した部分をこすりつけた。

「はっ、そこ…、い…ぃ」

浅い場所を何度も突かれて、航平は我を忘れていた。それこそ見たこともない世界、天にも昇りそうな心地よさで、頭の中がとろけそうだ。

「…あっ、だめ…だ、もっ…」

「立花……」

一小路は急速に腰を前後にゆすりたてる。その動きに合わせてベッドのスプリングがギシギシと鳴った。淫《みだ》らな腰つきで激しくゆさぶられながら、体内に埋め込まれたそれが今にも爆発しそうに脈打つのを、航平は感じとっていた。

「立花……好きだ」

せつなげで、それでいて情熱的な男の声が耳もとで聞こえる。何度も繰り返し名前を呼ばれて、航平はなぜだか泣きたくなった。

「いち…こうじ、俺も……」

好き――という続きの言葉は、後ろからせっかちに奪われたキスに飲み込まれた。

一小路は波打つ背中を支配するかのように、激しく腰を打ちつけて、航平の体をあますところなく追い求め食らいつくした。

「ひ…あっ…」

容赦なく体をゆさぶられながら、航平はわけがわからないうちに体の奥深いところで、熱い迸《ほとばし》りが叩きつけられるのを感じた。

(とうとう一小路とやってしまった……)

喉がかわいてキッチンで水を飲みながら、ほんの一時間前のできごとを振り返る。

怒濤《どとう》のセックスも終わって現実に立ち返ると、ただただ恥ずかしいのと体裁が悪いのとで、逃げだしたい気分だった。

一小路が航平を抱きしめて離そうとしないので、無理やり腕をふりほどいてバスルームへと逃れた。それでもシャワーを浴びている途中で入ってきた一小路が、延長戦に突入しようとするので、力業で追い出したのだ。

一小路はふてくされ、終電もないので泊めてくれと、当然のごとくベッドを半分占領したが、ここに来るのはタクシーを使ったはずなのに――。ちゃっかりしているやつだ。

今夜はこれ以上させてもらえないとわかると、一小路は渋々とバスルームに向かった。ときおりご機嫌な鼻歌まで聞こえてきて、航平は水を飲みながら自然と苦笑がもれた。

(あいつも、意外とかわいいな)

テーブルの上に置いたままのフォトアルバムをふたたび手にとる。

さっきは大まかにしか見ていないので、最初から一枚一枚、丁寧に眺めた。その最中で、ふいに背中がふんわりと温かくなった。

「なにやってんだ?」

背後から一小路がくっついてきたのだ。風呂上がりの熱をもった体が心地よい。

「――ん、いや、じっくり見直してる。すごく懐かしいなぁと思ってさ」

そっか、と甘えるように首に腕を回してきて、同じようにアルバムをのぞき込んだ。

「この日の立花、格好よすぎてシビれたなぁ。今度、剣道をやりに行く日があったら教えてくれ。俺も一緒に行くから」

「見学は誰でもできるからいいけど、一小路が見に来ても物足りないんじゃないか」

「どうして？　立花も試合やるんだろ」

「試合といっても、今は楽しむためにやってるし、実業団の公式戦とかを見たほうが――」

「なに言ってる。立花が出てない試合を見に行っても、面白くもなんともないだろ」

航平は首をひねって後ろを振り返り、「剣道が好きなんじゃないのか」と目をぱちくりさせた。一小路は決まり悪そうに苦笑する。

「それは口実だよ。剣道を好きというよりも、剣道をやってる立花が好きなんだ。岩倉さんからおまえの話を聞いたときも――」

どうやら一小路は気がついていたらしい。岩倉が自慢していた営業所きっての有望株が航平であるということに――。だからこそ、なんとしてでも仕事をとりつけて、航平との再会を果たしたかったのだと白状した。

今になって真相を知った航平は唖然《あぜん》となる。

「ということは、最初から俺だと知っていながら、さも偶然のような小芝居を打ったのか」

「そのほうが警戒されないだろ。同窓会にも立花は全然参加してなかったし」

高校の同窓会が開かれるたびに、航平に会えるのを期待して必ず出席していたようだ。

「おまえなぁ……」

「今回の縁は神様が俺に与えてくれた最大のチャンスだと思ったね。すごく嬉しかった。いくら時間がかかろうと、今度こそおまえをモノにすると決めたんだよ」

そう言って笑顔を見せられると、「恥ずかしいやつ」と毒づきながらも胸がじんとした。

航平は十年前のかなわぬ片思いを、強引に忘れようと意識して封印してきた。けれど一小路は胸の奥に大切におさめて、ときどき取り出しては未練を感じていたのだ。

（そこまで俺のことを――）

一小路の想いがつまったフォトアルバムを、航平は感慨に浸りながら見つめていた。

「一緒に道場に行ったときには、ぜひ立花の試合姿を撮らせてくれ。頼む」

「また俺を撮ってくれるのか？」

航平は後ろに目を向けた。一小路は「もちろんだ」と笑う。

「あのころは俺も青かったから、妙なこだわりがあったり、限界を感じたりもしたけど。思い上がりだってのがわかったんだよ」

航平の背中に抱きついたまま、一小路は穏やかな口調で心情を吐露した。

一小路は自分が撮りたいものしか撮らない、というポリシーをもっていた。撮らされるのではなく、撮りたいという気持ち。それこそが、カメラにはまり込んだ原点だからだ。

興味が引かれて目にしたものを、ありのままに写し撮る。余計な手をくわえず、対象物の真の魅力を一瞬で切りとる。自分が見たときに感じた興奮や驚きや感動などを、写真を見るべつの者に同じように伝えたかった。

自分にはそれができると信じて疑わなかったし、実際に他人からの評価も高かった。

「だけど――おまえにかぎってそれができなかった。なぜだと思う？」

航平は少しのあいだ考えて、わからないと頭を振った。すると一小路は誇らしげな顔で、「立花が魅力的すぎたからだ」と言った。

航平はあんぐりと口をあけたが、一小路があまりに真面目な様子なので、ここで茶化《ちゃか》すのは失礼だろうと、ぐっとこらえた。それでも――。

（や、やばい……。じわじわくる）

笑いが込み上げてきて、肩を震わせながら必死でこらえる。そんな航平に気づいているのかいないのか、一小路はそのまま平然と続けた。

「俺はあの日、ラブフィルター越しに立花を見てたんだよ。ファインダーの中のおまえは、間違いなく俺だけのものだった。でも、写真になればそうもいかない。いくら立花の写真でヌケても、本物の魅力にはとうていかなわないからな」

「――ん？」

「その写真がさ、俺のオカズになってても、写真そのものの本質は変わらないだろ」

「はあ？」

「つまり同じ写真でも、見る側のそのときの気分しだいで感じ方が違うってことだよ」

途中でさらりと、聞き捨てならないことを言われた気がしたが、そう言われると、なんとなく理解できる。

「どこで誰にどんなふうに見られようが、撮られたものの真実は変わらないし、汚されることもない。俺が写真にザーメンをぶっかけようが、立花はきれいなままだ」

「だからその情報はいらねえだろうが！」

せっかく感心して聞き入っていたのに、これではぶち壊しだ。航平が顔を赤らめてぶつぶつ文句を言うと、「まあまあ」と頭をなでられた。

「そんなわけで、おまえの魅力をすべて写し撮れなくても、俺の中に本物があればいいと、そう思えるようになったんだ。そしたらいろいろ吹っ切れた」

「一小路……」

ようするに、それからふたたび人物写真を撮るようになったらしい。

「自分が感じたとおりに見た人にも感じてもらおうなんて、うぬぼれにもほどがあったんだ。俺は撮りたいものを撮ってたんじゃなくて、自分が撮れるものしか撮ってなかった」

航平が目を瞠《みは》ると、一小路は憑《つ》きものが落ちたようなすっきりとした顔をしていた。

「この世には、俺に撮れないものが山のようにある。だったら、逆に撮って撮って撮りまくってやると思ったね」

彼の双眸《そうぼう》がきらきらと輝いているように見えて、航平は感極まって目を細めた。

「わくわくしたよ。どうしてもっと早くいろんなものを撮らなかったのか後悔した。その結果、まあ、今の俺があるわけで――」

彼は航平の肩の上に顎をのせ、過ぎし日を懐かしみながら照れくさそうに笑った。その顔がたまらなく魅惑的で、それこそこの一瞬を切りとってしまいたいと思った。

（どうしよう、やばい……）

今すぐ一小路にキスしたい気分だったが、この流れでするのは自分がいかにも乙女のようで、なんとか踏みとどまった。

「おまえ――ほんとすごいな。前向きっていうか、俺、ちょっと感動した」

「すごいのは立花だよ。俺に写真の限界を教えてくれただけではなく、可能性まで与えてくれたんだからな」

「……そ、それは」

「立花に出会ってなかったら、俺はずっと思い上がったままだった。おまえを失ってはじめて、写真ときちんと向き合おうと考えたんだ。おまえが剣道を好きだったように、俺もカメラを好きになりたいと思ったから」

熱っぽく語る一小路から目をそらせて、航平はキッチンの床を見つめた。胸の中に優しく温かいものが広がり、鼻の奥がつんとして泣いてしまいそうだった。

「立花が好きだよ……。ほんと感謝してる」

うつむいている航平の耳の裏に、ちゅっと音をたててキスする。その途端、甘美な刺激が背筋を駆け抜け、胸の中がきゅんとした。

「な……なに、言って、もっ、離れろよ」

照れ隠しから身をよじるが、一小路は「いやだ」とさらに強く抱きついてきた。

「おまえ……なんかキャラ違ってるぞ」

「失礼だな。誰だって好きな相手とふたりきりになったら、いちゃいちゃするだろうが」

「よく言うぜ。はじめてキスしたとき、ひとりでとっとと帰ったくせに。あのとき俺は――」

「あ〜、あの夜な。あれは勃起したからだ」

「――ぼ?」

目が点になった。

「あのときはかなりやばかった。おまえとのキスで興奮して、半勃ちになるとは自分でも驚いたよ。キスだけで勃たせるなんて、がっついた男に思われたくなかったんだ」

「そ……そんな理由で?」

呆れて二の句が継げない。実際にはがっついていたくせに、仕事だのと見栄をはっていただけとは――。あれこれ真剣に悩んでいた自分が情けなくなってくる。

「そうだ、新宿《しんじゅく》のバー、俺と一緒ならいいけど、立花ひとりで絶対に行くなよ」

「いや、あまり行きたいとは思わないが……なんでだ？」

「あそこはゲイ専門のバーだから。いわゆるハッテン場だ。おまえがひとりで飲んでたら、口説かれてすぐトイレに連れ込まれるぞ」

「な、なにぃ～？　だったらなぜそんな店に俺を連れてったんだ！」

どうりで自分を見る目がかなり怪しかったし、店の客が全員男ばかりだったはずだ。

「いいだろぉ、俺のモンだって見せびらかしたかったんだよ～。俺がそばにいたから誰もちょっかいかけてこなかったけどな。立花、ゲイにもてるから気をつけろ」

「もてたくねえ」

「あぁ、あのときは最高の気分だったなあ」

まったくひとの話を聞いていない一小路は、天井を仰いでひとりで悦に入っている。

「おまえって男は――」

十年目にして、ようやく一小路の本性をかいま見た気がする。でもまあ、それはそれで悪い気分ではないのだけれど――。

「ん？」

今になって、尻の辺りになにか硬いものが当たっているのに気づいた。

これは――。

「……きさまぁ～」

力任せに背中から引き離して振り返ると、目の前に立っている一小路は真っ裸だった。

「な、なにやってんだ。バスタオルぐらい巻けよ！」

思わず顔をそむけて赤面してしまう。

「おお、いいねえ、その反応。めちゃくちゃ新鮮だ。立花はほんとかわいいなぁ～」

目のやり場に困る姿で、嬉しそうに顔をにやつかせている男を、じろりと睨みつける。

「おまえ、そんなふざけた格好でさっきあんな真剣な話してたのか。冗談じゃない、バカ丸出しだぞ。俺はそういうのは嫌いだ」

惚《ほ》れなおしたばかりだったのに、一気に興ざめしてしまった。ふんと顎を上げてそっぽを向くと一小路は「あれれ」と沈黙した。どこまでが本気で、どこまでが悪のりなのかわからないけれど、振り回されっぱなしなのも癪《しゃく》にさわる。

「立花ぁ……」

一小路は急に眉尻《まゆじり》を下げて、全裸のまま前からがばっと抱きついてきた。

「そうつれなくするなって。せっかくのいい話を台なしにして悪かったよ。おまえにベタ惚れしてるのは本当だから」

「わっ、やめろ、ぐりぐり押しつけるな。もうわかったから、離せって、俺は――」

よくわかってるから、と一小路の胸板を押し返すと、ほっとしたような顔で笑った。その顔がまるで無邪気な子供のようで、航平がぽおっとしていると、両手をとられた。

そのまま航平の手を口許にもっていくと、

「立花……愛してるぞ」

祭壇の前で、愛を誓う真剣さで告げた。

「はぁっ⁉　お、おまえ……急になに言って――」

冗談だとわかっていても、顔から火が出そうなほど恥ずかしくて、慌てふためいた。そんな航平に満足してか、薄い笑みをはりつけた一小路は、顔を横に向けると呟いた。

「これは……もう一回ぐらいやれるな」

それを耳にした瞬間、航平はむすっとした顔で「聞こえたぞ」と、一小路の手を振り払う。

「おまえ、もう二度とベッドに入ってくるな。俺ひとりでゆっくり寝る。いいな」

くるっと身をひるがえして背中を向けると、一小路があせった様子で機嫌をとってくる。

「待て待て、そう怒るなよ」

「しばらくおまえとはしない。よかったな、ぶっかける写真が山のようにあってよ」

「た――立花、ちょ、悪かったたって」

すたすたと廊下を歩いて寝室に戻る航平のあとを、一小路が慌ててついてくる。

「すまん、本当に謝る！　ふざけてるわけじゃない、これでも俺は本気なんだ。だからそんな冷たいこと言うなって～」

猫なで声で言いよってくる一小路も、そう悪くはないなと思いながら、航平の口許には幸せな笑いがにじんでいた。

恋人と呼びたい男

――もう、限界だぞ。

秋から続く怒濤《どとう》の繁忙期《はんぼうき》。年末年始もろくに休めず、二週間勤務も当たり前。毎年のことだとわかっていても、さすがにやばいと前のめりに倒れそうになったころ、閑散期に入る。

イベント業界は繁忙期と閑散期の差が大きく、一番暇になるのは二月だ。

「立花《たちばな》さん、あの、マジでごちそうになっていいんですか？　ここ、けっこう高いですよ」

大勢の客でにぎわう店内で、品書きを手にした篠原《しのはら》が申し訳なさそうな顔をする。

忙しい時期は昼飯抜きもざらだったが、今月になってからは余裕をもってランチタイムをとれている。今日は篠原を誘って、営業所の界隈《かいわい》では有名なそば屋に入っていた。

「いいって、遠慮せずに好きなの頼めよ。お祝いなんだから」

「ほんといつもすみません。でも、こないだも出してもらったし……お財布大丈夫ですか」

「俺はそんな安月給じゃないぞ。そば代ぐらいで細る財布なんか持ってない」

とはいえ、自慢するほど高給取りではないけれど、先輩としては格好つけたいところだ。

岩倉《いわくら》からの許可が出て、篠原もようやくイベントを任されることになったのだ。航平《こうへい》が毎年担当していたレギュラー案件の引き継ぎだが、航平にとっても嬉しい進展だった。

「それじゃあ、お言葉に甘えてこの特上天丼セットで！」

「おまえ……ほんと遠慮しないやつだなぁ」

一番高いランチメニューを指差されて苦笑すると、慌てて「あっいや、えと、冗談ですって。こっちで」と、安いもりそばに指先を移動させるので、思わずふき出してしまった。

「嘘《うそ》だよ、からかっただけだ。せっかくだからここは贅沢《ぜいたく》しよう。それにちょうど俺も天丼が食べたいと思ってたんだよ。同じほうができるのも早いだろ」

本当は手打ちそばが目当てだったのだが、余計な気を遣わせないようにニッと笑う。

「立花さんって、そういうところ優しいですよねえ……」

感心したような顔でしみじみと言われると、見透かされているようで決まりが悪い。

「いいから、注文するぞ」

「あっ、照れてる」

「照れてねえよ」

軽く睨《にら》みつけながら、店員を呼び止めてオーダーした。

仕事中はときには厳しく、上下関係にけじめをつけているが、プライベートでは互いに遠慮せずに軽口を叩《たた》けるくだけた仲だ。兄弟のいない航平にとっては弟のような存在。

「四月の『親睦会』なんですけど、一小路《いちこうじ》さんにカメラをお願いすることになりました」

「ああ、所長から変更の指示が出たんだってな。俺も適任だと思う」

篠原が航平から受け継ぐ案件は、毎年都内の集合住宅で開催されている『親睦会《マンションイベント》』だ。

新年度になるとマンションの管理組合が、居住者同士のコミュニケーションを深めるためにイベントを開く。内容は年によって違うが、主に食事会や子供が喜びそうな屋台など。

当日の運営をサポートする篠原と組んで、今回から一小路が撮影を担当する。

「彼は腕は確かだし、外注カメラマンにしては融通がきくし、頼りになる男だから安心しろ。むしろ俺はおまえが足を引っ張らないか心配だ」

「それを言わないでください。俺だって今から不安なんですから。立花さんと一小路さんって、元クラスメートだったんですよね？　高校が同じだったと聞きましたけど——」

「ああ、一年間だけな。でも、それほど親しくはなかったよ」

運ばれてきた天丼に航平が箸《はし》をつけると、篠原もいただきますと手を合わせた。外見はややチャラく見られがちの篠原だが、食事のときは先輩より決してさきに箸を持たない。

彼なりの気遣いを感じながらも、高校の話題をふられて少し戸惑った。先日、一小路が岩倉にそう話してしまったようなのだが、あまりふたりの関係に深入りされたくはなかった。

「おっ、ここの天丼はじめて食ったけど、そばに負けず、なかなかいけるな」

さっくり揚がった海老《えび》の天ぷらには、濃いめのタレが染みていて美味《うま》い。

「ほんとだ、身がぷりぷりしてる。さすが特上！　じゃあ、高校のときはふたりとも、もてたでしょう。一小路さんめちゃイケメンだし、カメラマンにしとくのもったいないっすよ」

海老からの流れでどうしてそこへ、と恨めしく思いながらも、「まあな」と答える。

「あいつの場合はな、でも俺は剣道一筋だったから」

「あっそっか。でしたよね」

航平が長く剣道を続けていたのを知り、篠原も興味を持つようになったのだが、最近にいたっては自分もやってみたいと言い出していた。姿勢のいい航平に憧れているらしい。

「そうそう、俺、思いきって買っちゃったんですよ～！」

入門用の安い防具セットを通販で買ったと自慢されて呆《あき》れた。やはりかたちから入る男だ。

「おまえ、本気で剣道やるつもりなのか？　俺が貸したゲームでさえ三日で飽きてただろ」

「はい！　立花さんが教えてくれれば、がんばれそうな気がします」

「気がするって……」

「俺も立花さんみたいに、夢中になれるなにかを見つけたいんですよ。高校のときからずっと好きなことを続けてるのってすごいですよね！」

本人の前で、『俺は立花先輩のような男を目指してます』と公言するだけあって、篠原は航平への関心が強い。慕って後を追いかけてくるのは嬉《うれ》しいが、知りたがりになるのが困る。

「それで一小路さんとは、仕事以外でも会ったりしてるんですか」

「まあ……ごくたまに飲んだりはしてるな」

先週も一緒に食事をして、そのまま一小路の部屋に泊ったとは口が裂けても言えない。

「やっぱり。前に廊下でふたりが話してるの見て、ずいぶん仲いいなぁ～と思ったんですよ。

取引先で偶然再会するなんて、運命的な縁ですよね。それで意気投合した感じですか」

「ああ、そうだな、そんな感じだ」

正しくは偶然ではないが、内心の動揺を悟られないように愛想笑いを浮かべる。

いつ見られていたのだろうかと考えて、打ち合わせのあと通路で立ち話をしていたときかもしれないと思い当たった。東京都心《とうきょうとしん》で記録的な大雪となり、銀座《ぎんざ》通りをスキーで滑ってるやつがいたと一小路が言うので、それはホラだろうと談笑していたのだ。

内容的にはくだらない雑談だったし、もし篠原に聞かれていたとしても問題はないだろう。営業所で一小路と顔を合わせるときは、ビジネスライクに徹するよう気を張っている。だからこそ、帰り際のちょっとした立ち話で気がゆるみ、表情に出てしまったのかも。

(気をつけてるつもりなんだけどな……)

篠原は噂《うわさ》好きというわけではないが、浮いた話には敏感だ。一小路と仲がいいどころか、片思いをしていた友人で、今では体の関係まであると知ったら、どう思うだろう。

(——きっと、俺を見る目が変わるに違いない……)

騙《だま》しているわけではないが、なんとなく後ろめたい気分になって箸を置いた。思いつめた顔でうつむく航平を、篠原が怪しむような目つきでじっと見つめてくる。

「な、なんだよ」

「もしかして、立花さんと一小路さんって——」

「えっ」

「一緒に合コンしたでしょう！　そうか、それで立花さん、彼女ができたんですね」

「……はあ？」

急になにを言い出すかと思えば、見当違いもいいところで、返す言葉もない。

「いいなぁ、どうして俺も誘ってくれなかったんですか。内緒にしてるなんてずるいですよ」

「だからしてない。それで、どうして俺に彼女ができた話になるんだ」

「だって最近の立花さん、仕事で疲れててもすごく楽しそうだから。リア充っぽいというか。ときどき、ドキッとするような色気のある顔するし、彼女でもできたのかなぁ〜って」

「おい待て、色気ってどんな色気だっ⁉」

手にした水のコップをテーブルに落としそうになった。男に色気もなにもないだろう。

「あっ、いやあの、色気ってのも変だけど……。なんていうか、前はシュッとして凛々《りり》しい感じだったのに、今はこうキラキラ輝いてて、きれいっていうか――」

「……」

どん引きして沈黙すると、篠原も自分が気持ち悪いことを言っていると気づいたようだ。

「うわっ、俺、立花さん相手になに言っちゃってるんだろ。超恥ずかしくなってきた……」

うっすら顔を赤らめて、場を取り繕うように飯をほおばる。航平は頭を抱えたくなった。

恥ずかしいのはこっちだ。

たしかに最近の航平は毎日が充実していて楽しい。設営現場で徹夜する日があったとしても、一小路からの電話でパワーがもらえたし、休みの日には一緒にいるだけで疲れがとれた。心も体も通じ合わせて二ヵ月。蜜月というのか、今が一番満たされている。

だとしても、一小路のおかげで昼も夜も充実しています、などと口にできるはずがない。

「でも、ほんとに彼女いないいんですか？」

「いない、しつこいぞ。ふざけたことばかり言ってないで、とっとと飯食って帰るからな。午後一で所長に企画書出せって言われてんの、もうできたのかよ」

「あっ、そうなんです。やばいやばい、まだ途中なんですよ。所長、怒ると怖いからな」

「おまえぐらいだよ、所長を怒らせるのは」

「……ですよね」

気まずそうに頭をかく篠原に、これだからと、ため息をつかずにはいられない。

大学ではお祭りサークルに属していただけあって、フットワークは軽いが落ち着きがない。もう少し慎重に行動して、早とちりを減らしてくれればと願うのだが——。

ただ、篠原の下世話な勘ぐりも、必ずしも外れているわけではないので油断ならない。

航平に『彼女』はいないが『恋人』はいる。しかし、わざわざ訂正して教えてやる必要もないだろう。いや、男の恋人がいるなんて、そう簡単に話せることでもない。

（言われたほうだって反応に困るだろうしな……）

偏見を持つような男ではないと思うが、できるものなら知らないままのほうが、互いのためだろう。かわいい後輩だからこそ、篠原とは今のままの関係で仕事を続けたかった。

セクシュアリティはプライバシーに関わる、デリケートな問題だ。隠しておくのが当然と、自身に言い聞かせるが、不思議とそれが言い訳のように思えた。

＊＊＊

「――俺って、色ぼけしてると思うか?」

一小路のマンションの寝室で、今まさに裸で覆いかぶさろうとしていた恋人は、いぶかしそうな顔で動きを止めた。誰かにそう言われたのかと、みごとに言い当てられて、篠原とのランチでの一件を打ち明けるはめになってしまった。

黙って耳を傾けていた一小路は、ふうん、とコメントしただけで否定も肯定もしない。

「ずいぶんオープンな職場なんだな。男ばっかりだから、遠慮がなくなるのかもしれないが、個々の色恋沙汰《ざた》にそこまで興味津々《しんしん》ってどうなんだ」

「まあな、立ち入ってくるのは、篠原ぐらいしかいないけどな」

色ぼけしていると言われたわけではないが、航平にとっては似たようなもので、あのあと考え込んでしまった。後輩から見ても変化を感じるほど、自分は浮ついていたのだろうか。

「リア充っぽいって、いったいどんなだよ……。というか、日常会話でリア充なんてはじめて聞いた。あいつ、ほんと流行《はや》りもの好きだから」

そば屋での会話を思い返すと、知らず知らず口許に笑みがにじんでくる。後日、剣道の防具セットをわざわざ会社まで持ってきて見せられたときも、子供かよと大うけした。

「俺はまったく笑えない話だな」

突然、冷めたような声が頭上から降ってきた。いつもの明るいトーンとは真逆の低音。

「――ん？」

横にいる男をちらりと見上げると、裸の一小路はヘッドボードにもたれかかったまま、無言で航平を一瞥《いちべつ》した。あきらかに不満そうな顔で、なにかいいたげな様子だ。

「どうしたんだよ、機嫌悪いな。なにも、おまえを笑わそうとして話したんじゃない。なにが気に入らなかったんだ？」

怪訝《けげん》に思いながらベッドから上体を起こすと、あぐらをかいて向き直った。

「おまえたちが仲よく『すみ吉』で特上天丼セットを食ってたころ、俺はハンバーガーをかじりながら、Tシャツのブツ撮りを延々とやってたなと思ってさ」

「それがおまえの仕事なんだから、仕方ないじゃないか。どうして突っかかるんだよ」

一小路は図星を指されたように目を丸くしたのち、肩の力を抜いて相好《そうごう》を崩した。

「そうだな。それが俺の仕事だ。立花は悪くない」

してやられた、という笑顔。引きしまっていた顔の筋肉が、ふわりとゆるんでいくのを目の当たりにして、航平の胸の奥もやわらかくとろけた。十年前からこの顔に弱い。

「いや……俺だって普段はコンビニ弁当とかで、その日はたまたま篠原におごったから」

「ああ、わかってる。そうじゃなくて俺が言いたいのは――」

語尾を奪うようにかぶせてきたわりに、途中で都合が悪そうに黙り込んだ。

――なんだろうか。

いずれにしても、さっきまでテンションＭＡＸで航平の体を舐《な》め回していた一小路が、急に機嫌が悪くなったのは、篠原の話になり行為が中断してしまったからだろう。キスや愛撫《あいぶ》だけでも航平はじゅうぶん満足なのだが、やはり男としては挿入したいに違いない。

「悪かったよ、やってる途中で邪魔して。続きをやろう。おまえ、一回じゃ終わらないしな」

「そんなに好きものだと思われてたのか」

「実際そうだろ」

軽く突っ込むと、一小路はがくりと肩を落とした。

「う～ん、地味に傷つくなぁ……。ゲイは意外とロマンチストなんだぞ。一度でおさまらないのは相手が立花だからで――って、もういい。じゃあ、抱っこさせろ」

「あ?」

なにが『じゃあ』なのかさっぱりわからず呆気《あっけ》にとられていると、一小路の両腕が肩に回ってきた。航平を後ろから抱きしめて、ヘッドボードにもたれかかり、さらに強く引き寄せる。

「お……おい、しなくていいのか」

むき出しの肩や首筋に、一小路の熱をもった息がかかり、甘酸っぱい疼《うず》きが胸にわき上がる。セックスまでしていても、ふとした接触にドキドキしてしまう。

「しばらくこのまま、おまえを感じさせてくれ」

航平の背中が大のお気に入りの一小路は、こうして後ろからぎゅっとするのが好きなのだ。抱きしめた航平の肩に、やわらかいものが押しつけられる。唇で刻印するかのように、天使の羽とも称される、美しく隆起した肩甲骨のラインをなぞっていく。

一小路の唇が肌にふれるたび、航平はぴくんと背筋をしならせた。

「……くすぐったい」

「背中、感じやすいもんな。そういえばフェロモンって、首や鎖骨の辺りが一番香るらしいぞ。抱っこするとわかるよ。すごくいい匂いがする」

そう言いながら一小路は、航平の肩に顔を埋めると、大型犬のように鼻先をすりつけた。くんくんと匂いをかがれて、もどかしさで落ち着かなくなる。

「――やめろって。なにが楽しくて三十路《みそじ》前の男を抱っこしたがるんだ」

「またそう言う。立花はときどきデリカシーに欠けるぞ。じゃれ合うのがいいんじゃないか」

「俺は抱き人形じゃない。でかい男を抱えても面白くもなんともないだろう」

「立花ならかわいいよ。二メートルあってもかわいい」

ぬいぐるみの頭でもなでるように、ぽんぽんと頭を軽く叩かれて、なにも言えなくなる。

（こいつ……ほんと手に負えない。俺がどんだけ恥ずかしいかと――）

ああぁ、と奇声をあげて部屋中を駆け回りたい気分なのだが、なんとかこらえていた。

とにかく航平は、一小路と甘い雰囲気になるのが苦手なのだ。彼のストレートな愛情表現にどう応えればいいのか。冗談ならともかく、真剣であればあるほど照れてしまう。

挿入されて体をゆさぶられてしまえば、それどころではなくなるのだが、行為にいたるまでの駆け引きめいた会話や、いちゃいちゃしているだけのムーディな時間が性に合わない。

（もう……いいから早く離れてくれ……）

背後から抱きしめられているだけで、航平はいっぱいいっぱいだった。好きな人と裸で密着して、興奮しない男はいない。背中を預けた体勢が、心まで無防備にしてしまう。

余裕のなさを知ってか知らずか、一小路はくすっと笑いながら髪の毛をいじってくる。

「話を戻すけど、色ぼけしていない恋人たちがいたら、それは本気の恋じゃないだろ。立花がもし色ぼけしてるとしたら、俺はすごく嬉しいよ」

磨きのかかったくさい台詞《セリフ》も、だいぶ慣れてはきたものの、わずかに顔が赤らんだ。

「相思相愛のカップルが、四六時中相手のことを考えたり、一分一秒でも長くそばにいたいと思うのは普通だろ。周囲に迷惑さえかけなければ、恋におぼれるのも悪くはない」

「けど、俺はいやなんだよ。自分がそうなるのは」

一小路は一瞬真顔になり沈黙した。空気が張りつめるのを感じて後ろに目を向ける。

「あっ……いや、だからそれは、いつも一緒にいたくないってわけじゃなくて」

誤解を招きそうだったので訂正しようとすると、一小路は納得がいったようにふっと目許をゆるめて、「わかってる、わかってる」と薄く笑った。

「自分を見失う恋愛がしたくないいんだろ？　立花はいつだって、自分を厳しく律していたいんだよな。恋におぼれるというよりも、欲望におぼれるのがいやなんじゃないのか」

非難するわけではなく、むしろ優しい目でそう訊《き》いてきたが、航平は答えられなかった。どちらなのか、よくわからなかったからだ。

一小路の言うとおり、欲望はある。もっと彼に甘えたい。いつだって笑いかけてほしい。少しでも長く一緒にいたい。自分だけを見てほしい。もっともっと一小路に好かれたい。

けれど、その想いを言動に出すのには抵抗がある。恥ずかしさが邪魔するのだ。

律するとか、そういう立派なものではなく、たんに男のプライドにこだわっているだけなのかもしれない。今まで考えたことはなかったが、おそらく自分が変わっていくのが怖いのだ。

（なんだろう、この感覚……。胸の奥がもやもやする）

真剣に考え込んでいる航平の頭を、一小路がむぞうさになで回した。

「こら、また余計なこと考えてるな。立花はすぐ顔に出るからわかるよ。ほんと真面目《まじめ》だな。

でも、まあ、そういうおまえが俺は好きなんだけど。だから、もう気にするなって」

頬《ほお》についばむようなキスをひとつくれる。

自分にはもったいないぐらい優しい恋人。どんなときも航平を否定することなく、ぐずぐずになるまで甘やかしてくれる。心地よすぎて、彼のいない世界が想像できない。

「――あっ…」

突然、右肩にツキンと刺すような痛みがして、航平は我に返った。肩をかまれたのだ。

「な、なんだよ……びっくりするだろ」

肩に顎《あご》をのせたまま、一小路はいたずらが見つかった子供のように、痛かったかと笑う。

「そりゃ痛いに決まってる。見える場所に歯形とかつけるなよ」

「キスマークならいい？」

「なおさらだめだ。それでなくても篠原に怪しまれてるのに、キスマークなんて――」

言葉が続かなくなったのは、間近で見つめる一小路の目が一転して険しくなったからだ。

少し顎を上げて冷たく睥睨《へいげい》する。抗議の目。

「さっきから篠原、篠原って……。せっかく考えないようにしてたのに」

なげやりな物言いに目をしばたたかせていると、いきなり頭の後ろを強くつかまれて、目を閉じる暇もなく口を塞《ふさ》がれた。歯と歯がぶつかるようなキスに息が乱される。

「ちょっ…なん……」

甘い雰囲気などいっさいない口づけに、困惑して身を引こうとしても、さらに執拗《しつよう》に追い求めてくる。後ろから体を回り込ませて、航平の背中がしなるほど覆いかぶさった。

「ぁ、は…っ」

強引に舌がねじ込まれ、必死で抵抗した。こんな一方的で乱暴なキスははじめてだ。

「――くっ、待てよ、おまえ」

ベッドに手をついて体を支えるが、体重をかけられてふたたび唇が押しつけられる。

「だ…っ――もう、いい加減にしろっ！」

ベッドに横たわった反動で、一小路の胸を力任せに突き飛ばすと、ようやく動きを止めた。

息のあがった一小路は、茫然《ぼうぜん》とした顔で航平を見下ろしている。どうやら我を忘れていて、自分でもなにをしでかしてしまったのかわからない、という様子だ。

口の端が切れて血がにじんでいる。抵抗したときに、歯で傷つけてしまったのだろう。

「口……大丈夫か？」

心配になって起き上がると、一小路も口許の痛みに気がついて、手の甲で血をぬぐった。

「ああ、たいしたことない。驚かせてすまなかったな」

ばつが悪そうに顔をくしゃりと歪《ゆが》める。いつもの笑顔が戻ってきて、航平はほっとした。

「ほんとだよ。いったい、どうしたんだ。今日はおかしいぞ。なにかあったのか」

「……そうだな、天井でちょっと火がついたかも」

「はあぁ？」

相変わらず、なにを考えているのかわからない男に脱力しかけた。一小路とつき合うようになり、いろんな一面を見てきたが、今でもときどき彼の感情が読み取れなくなる。

「気をしずめるから、一服させてくれ」

背を向けてベッドから下りた一小路は、窓を少し開けて立ったまま煙草《たばこ》を吸いはじめる。ブラインド越しに入ってきた冷たい夜風が、重苦しい室内をほどよく浄化していく。

全裸で煙草を吸う男は、月明かりに照らされてギリシャ彫刻のようにきれいだった。毒気に当てられながらも見とれているのだから、自分もそうとう重症なのかもしれない。

航平の前ではなるべく煙草を控えている一小路だが、立て続けに二本目に火をつける。

「やっぱり、なんか怒ってるな」

「俺が？」

煙草をくゆらせながら、怒ってないよと微笑《ほほえ》む一小路には、自覚がないようだ。

(――こいつも肝心なところは見せないからな)

特上天井から態度が怪しくなり、航平を抱っこしたときは機嫌がよかったのに。

消去法で考えていくと、やはり互いの恋愛観の相違が、一小路を苛《いら》つかせてしまっているのだろう。その場しのぎの嘘でも、『色ぼけ上等！』と賛同すればよかったのか。

航平は立ち上がって、一小路のそばまで行った。いつもなら腰にバスタオルぐらい巻くのだが、一小路がくわえていた煙草を奪うと、なんとなく口に近づけ、まねして吸ってみる。

深く吸い込んだら、ニコチンを含む煙が肺まで入り込んできて、途端にゴホゴホとむせた。

「なっ、おい……」

「き——つっ……、よくこんなの吸えるなぁ。慣れればうまいもんか」

「ど、どうした？　無茶するなよ。体壊すぞ」

自分が普段は吸ってるくせに、なぜかおろおろしている男に、気分がよくなってきた。

ひと口だけ吸った煙草を、一小路の口にぐいっと差し込んでやる。

「間接キッス。……古いか」

顔をにやつかせると、反対に一小路は眉間《みけん》にしわを寄せて、不審そうに見つめてくる。

「——おまえの考えがわからない」

困惑した顔でぼやかれて、それはこっちの台詞だと思った。

「なに言ってんだよ、俺だってわからない。だから少しでも理解しようと思って、おまえがいつもうまそうに吸うから煙草だって吸ってみたんだ。篠原の話で一小路が急に——」

ふいに思い当たる節があって、航平は目を細めた。

「もしかして、篠原がおまえに失礼な態度でもとったのか？」

「どうしてそう思うんだ」

先週、営業所内で、顔合わせの挨拶《あいさつ》と簡単な打ち合わせをふたりでしていた。その様子を通りすがりに見たときは、和やかな雰囲気で会話も弾《はず》んでいたようだ。

けれど自分が知らないところで、篠原が一小路に不愉快な思いをさせていたとしたら——。

「いや、まあ……なんとなく。俺の気のせいならいいんだよ」

「彼とはビジネストークしかしてないからな。失礼と感じるまでもないよ。正直、頼りなさは否定できないが、ひとりの後輩に目をかけすぎるのもどうかと思うぞ」

「あぁ、そうだな。それはわかってる。でもよかったよ、おまえに迷惑をかけてないなら。なにかあったときは、俺が先輩として責任とるから。よろしく頼むよ」

一小路は目を伏せて、そっちかよ、と口の端だけで笑う。

「彼は——」

「ん？　なんだよ」

手にした灰皿に視線を落とすと、必要以上に煙草を強く押しつけてねじ消した。

「立花にずいぶん傾倒しているようだな。打ち合わせ中に何度も、おまえの話が出てきたよ。『立花先輩に認めてもらえるようなプランナーになりたい』だとさ」

「あいつ、仕事中にそんなことを……申し訳ない」

「だから、そこでおまえが謝るのが過保護なんだ。それよりも引っかかるのは——。篠原くんは、おまえに気があるんじゃないのか」

探るような口ぶりで言及されて、航平は「まさか」と半笑いで受け流した。

「ありえないだろ。あいつは俺を目標としてるだけだから」

「それはどうかな。本人にまだ自覚がないだけかもしれないだろ。だからといって、俺も彼から同じ匂いを感じてはいないが……。それでも、気分がいいもんではない」

「匂いって？」

首をひねると、一小路は大きなため息をつきながら、片手で顔を覆った。

「鈍い立花にはわからなくて当然か……」

カチンときた。知ったような顔でぼやかれても、こっちだってそれなりに気を遣ってる。

「結局、なにが言いたいんだよ。俺が鈍感だから苛ついてんのか」

「そうじゃない。あまり言いたくはなかったが、とにかくおまえは危機感がなさすぎる」

一小路はきわめて真剣な顔で、ビシッと航平の胸を指差した。

「いいか、ほかの男の前で絶対に無防備な態度はとるな。後輩だろうが同じだ。おまえは隙《すき》がありすぎる。いつなんどき、俺みたいないやらしい男がかわいい立花を――」

「なに言ってんだ、気色悪い。俺に隙なんてねえよ。何年、剣道やってると思ってるんだ」

「甘いな、剣道と恋愛は違うぞ。おまえのかわいい尻《しり》を狙ってる男が――」

「かわいいを連呼するな！」

真っ赤になって叫ぶと、一小路は目をぱちくりさせて、その後ふき出した。

「悪い悪い、論点がずれてきたな」

口許に拳《こぶし》をあてて愉快そうに笑う。仕事でカメラを持てば、それこそ一分の隙もないぐらい、格好いい姿を見せてくれるのに、ベッドで裸になるとただの変態だ。

おまえは男にもてるから気をつけろと、前々から忠告をしてくるが、取り越し苦労のなにものでもないだろう。自分に言いよってくる奇特な男など、一小路ぐらいしかいない。

過保護なのはおまえだと、内心で呆れながらも、寒気を感じてくしゃみが出た。

立春は過ぎても、まだ二月。航平は両腕をさすりながら、寒いと身を震わせる。エアコンの暖房は入っていたが、窓を開けたことで室内の温度は急激に下がっている。しかも全裸だ。

「俺が体の隅々まで、じっくり温めてやるよ」

窓を閉めて近づいてきた一小路に抱きしめられる。肩幅や胸の厚みは変わらないのに、数センチ背が高いだけで包み込まれる感覚におちいる。航平も同じように腰に腕を回した。

「――ん、温かい」

張り出した胸筋や、くぼんだ下腹部がふれ合う。後ろ抱きとは異なる安心感だ。

ほんの少しの隙間も埋めようと、一小路が腰を引き寄せて、下半身がさらに密着する。

体の芯《しん》がふたたび熱をもちはじめて、徐々に鼓動が速まっていく。トクトクというリズミカルな心音が、一小路の胸からも響いてくる気がした。

女性としか体を重ねたことがない航平だが、同じ性別の体がこれほどぴったり合わさるものかと教えてくれたのは一小路だ。裸で抱き合うたびに、奇妙な感動すら覚えてしまう。

尻をわしづかみにされ、前を強くすりつけられて、互いに硬さを増していく。

「……当たってるぞ」

「ああ、立花のもガチガチだな」

「うるせえ」

顔を上げると視線がからみ合い、慌ててそらした。それでも横目でちらりと見ると、

——ベッドに行く？

声には出さなくても、優しく細められた男の双眸《そうぼう》がそう物語っている。航平はその問いかけに答えるかわりに、そっと唇を寄せて軽くついばんだ。

「続き、やろうぜ」

そそのかすように笑うと、一小路はどこかほっとした様子で、さっきのは忘れてくれと小声で謝った。なにに対しての謝罪なのか、航平はあえて聞き返さなかった。

深いキスを交わしながら、ベッドに横たわった航平を、一小路が見下ろしてくる。

いつもは調子のいい笑顔で飄々《ひょうひょう》としている男が、ファインダーをのぞき込むような熱い目で自分を見ている。それだけで航平は背筋がぞくぞくして、官能をゆさぶられるのだ。

彼を見上げたときの、顎のラインや顔にかかる髪など、エロすぎてやばい。下になることに抵抗はあったけれど、この顔を見られるのなら、まあいいか、とさえ思ってしまう。

「悪いが、今夜はちょっと手加減できないかも」

ベッドに両手をついた一小路が身を乗り出して、今さらそんなことを言う。

「いつだってそうだろ」

余裕たっぷりに微笑んだものの、航平はすぐに後悔するはめになる。前戯も後戯もしつこい一小路だが、挿入してからはいつにも増して執拗で手荒だった。

自分本位なやり方で航平を責め立てながら、なにかを忘れようとしているようだった。乱暴に扱われても体は壊れない自信はあるが、それよりも一小路のほうが心配だった。

航平を思うがままに扱いながらも、最後まで彼は満たされないような顔をしていた。

＊＊＊

湾岸エリアのタワーマンションは大規模のものが多く、近年まだ増え続けているが、篠原がイベントを任されたマンションは中規模で、築年数も十年を迎えようとしている。

航平が三年前から『親睦会』を成功してきた実績があるので、今後はさらに理事会の期待に応えて信用を高めていけば問題はない。まずは引き継ぎの挨拶で好印象を与えて、新担当者となる篠原を管理組合員に受け入れてもらわなければならないのだが——。

マンションの集会室には十数名の組合員や関係者が集まっていて、新米の篠原を値踏みするような目で見ている。はじめての顔合わせの席で、篠原は緊張しまくりだった。

「あの、このたび……立花の後任として、新しく担当させていただくことになりました篠原と申します。経験が浅いため、い――至らない点が多くあるかとは思いますが、誠心誠意努力させていただきますので、何卒《なにとぞ》、よろしくお願いいたします！」

震える声でつっかえながらも、事前に練習した挨拶を述べて頭を下げる。ぎこちなさはぬぐえないが誠実さは伝わったのか、組合員は表情をやわらげて拍手を送った。

篠原のとなりで冷や冷やしていた航平も、ひとまず胸をなで下ろす。もちろん、後輩社員の不慣れさを不安に感じてる様子は微塵《みじん》も出さず、余裕の笑顔で座ってはいたけれども。

篠原の逆側の席にいた一小路は、女性たちの視線を浴び続けていた。

「はじめまして。カメラマンの一小路です。僕は当日のみ、撮影のお手伝いをさせていただきます。みなさんが美味《おい》しいお酒とごちそうで、素敵な笑顔になってるところを、バシバシ激写していきますので、大トラになる予定の方は気をつけてくださいね」

彼らしいユーモアを交えた話しぶりに、室内には笑いがもれて場の空気がなごんだ。

本来なら、イベント当日に組合長に挨拶する程度でよかったのだが、一小路の希望により初日だけ会合に同席してもらったのだ。

最後に航平が前任者として、あらためて礼を述べたのち、篠原に進行を任せた。

「そ、それでは、ただいまより始めさせていただきます。まず、去年の――」

親睦会を振り返り、改善すべき点や継続してほしい企画、希望など、具体的な意見を聞きながらまとめていく。参加者に配布した資料とはべつに、篠原が自分用に作った裏マニュアルがあるので、それと照らし合わせながら進めればとくに問題はないはずなのだが――。

「子供騙しの屋台なんざ必要ないだろう」

篠原が当日のイベント内容の説明に入ると、早々に反対意見が出て進行が中断した。

というのも、今年は子供が楽しめる屋台やゲームに力を入れた企画になっており、その案を押したのは篠原だ。事前に相談されて航平もいいと思ったし、組合長の畑野《はたの》も賛成していた。けれど、ひとりだけ反対する男――老齢の荒田《あらた》は頑固なところがあり、若い畑野と前々から仲がよくない。航平も頭を悩ませてきた相手だ。

管理組合の構成員はマンションの所有者たちだが、古くから住んでいる荒田のような永住派と、住み替え派との温度差もかなりある。自然と派閥のようなものができあがっていた。

「荒田さん、屋台は毎年やってるし、いつも盛り上がってますよ」

畑野が機嫌をとるように笑顔で言うと、荒田は余計に顔をしかめて言い返した。

「だから、それがいらねえってんだ。予算のむだむだ。そのぶん、わしらの飲み食いに回せばいいだろ。高い組合費払ってんだからよ。去年の弁当、あれはひどかった」

酒を飲んで気分がいいときは、贅沢な弁当だと喜んでいたのに、一年も経って文句を言われるのはきつい。言いがかりに近いクレームだとわかっているので、そのほかの組合員も『またやってるよ』という呆れた顔で、なりゆきを見守っていた。

「荒田さん、お弁当につきましては、お気に召さなかったようで申し訳ありません。こちらの力が及びませんでした。前担当者として心よりお詫び申し上げます」

雲行きが怪しくなり、顔を引きつらせているだけの篠原にかわり、航平が立ち上がって頭を下げる。それを見て篠原も慌ててあとから続いて腰を折った。

「今年のお食事はバイキングスタイルを予定しています。和洋折衷、幅広くご用意させていただきますので、どうぞお好きなものを召し上がってください。きっと、荒田さんのお口に合うお料理があるかと思います。もちろん、お酒もご満足いただける種類を取りそろえます」

終始、穏やかな笑みをたたえて説明する航平に、荒田もこれ以上は文句を言えなくなったのか、それならいい、とぼやいておとなしくなった。

航平が担当してきた三年間で、荒田との接し方もそれなりに学んだ。畑野と荒田とのあいだに立ち、両者の納得がいくように穏便にまとめてきた。

気難しい男ながらも、荒田からの信頼も少しは得ているつもりだ。しかし今回から担当が変わるということで、若い篠原に対しては不信感や軽視するところがあるのだろう。

だからこそ航平は、なんとしても篠原が立てた企画を通して成功させてやりたかった。

「荒田さんにかぎらず、お食事を楽しみにされている方は多いでしょう。さきほど一小路さんがお話しされたように、美味しいごちそうがあるだけで人は笑顔になるものです。同じように、お子さんたちにとっては、ゲームや屋台が楽しみのひとつではないでしょうか」

いきがかり上、進行役を引き継いだ航平に、前方の席の女性がうなずきながら同意する。

「そうなのよ～。うちの孫なんか、『お祭りいつくるの！』って最近はそればっかり。親睦会は大人にとっては宴会だけど、子供たちは昔ながらの縁日が新鮮みたい」

「子供たちはお祭りが好きですからね。ご家族のみなさんがお食事やおしゃべりをされているあいだ、子供たちが退屈せずに気軽に参加できる模擬店を検討しています。それに今回、うちの篠原が縁日をもよおした屋台に力を入れているのには理由があります」

航平がとなりにいる篠原に目線でうながすと、ふたたびバトンタッチされると思っていなかったのか、あせった様子で手元の資料を探った。その手をさりげなく制止する。

「マニュアルに頼りきった、杓子《しゃくし》定規な受け答えではだめだ。堅苦しい言葉を使おうとしないでいいから、自分の言葉で気持ちを伝えるんだよ。きっと伝わるはずだから」

小声でアドバイスをすると、篠原は不安げな顔でおずおずと立ち上がった。

「あ……あの、お子さんたちはもちろんそうなんですけど……。実はぜひ、大人のみなさんにも子供たちと一緒に、模擬店に参加してもらいたいんです」

「輪投げや金魚すくいにか？」

露骨にいやそうな顔で突っ込んでくる荒田に、じゃっかん怯《ひる》みながらも篠原は続けた。

「は、はい。あの……童心に返った気分で……だ、だめでしょうか？　今までのように大人はお酒、子供はゲームとなると、どうしても距離感が出てしまうと思うので……。今回からは、あの……基本、立食スタイルにさせていただければ——」

周囲の顔色をうかがいながら腰が引けている篠原に、案の定、荒田がかみついてくる。

「年寄りに立ったまま飲み食いしろと言うのか！」

大きな声で怒鳴られた途端、篠原は見るからに萎縮《いしゅく》してなにも言えなくなった。頼りないながらも篠原に任せたかったのだが、航平はすかさずフォローに入る。

「説明不足で申し訳ありません。僕がその趣旨を補わさせていただきます」

結局、見るに見かねた航平が篠原の伝えたい意図を代弁した。

過去三回とも、親睦会はマンションの敷地内、芝のある広場で開かれた。大きめのレジャーシートを何枚も敷いて、そこに座って食事をしながら談笑する。お花見スタイルだ。

けれど、座食だと自然と親しいものばかりが集まって円陣を組み、仲間内の飲み会と変わらないまま解散になるパターンが多い。実際のところ、参加する顔ぶれはだいたい決まっており、若い夫婦などは親睦会への関心も薄く、弁当だけを取りにきて帰ってしまう。

それでも毎年参加している年配者たちは、満足してくれていた。ただ、今年は今まで気乗りしなかった若い者たちが、子連れでも気兼ねなく参加できるスタイルに変更したい、というのが組合長からの希望だったのだ。

そこで篠原が出したアイデアが、ビュッフェ形式の立食だ。もちろん、幼児が寝転がったり、腰を下ろして休息できるスペースも少しは確保する。またお年寄りのために椅子《いす》とテーブルもいくつか用意するが、数に限りがあるのでそこは譲り合ってもらう。

基本的には立食なので、好きな料理を取りにいったり、飲み食いをしながら模擬店で遊んだりと、一ヵ所にとどまらせないのが狙いだ。参加者たちが会場を自由に動き、席を譲り合うことで、普段顔を合わせない住民たちのあいだにも会話が生まれて『交流』となる。

誰でも参加できる射的やヨーヨー釣りや輪投げなど、模擬店を増やして大人も子供も一緒に遊んでもらう。会場の動線を固定せずに、にぎやかで開放的にすれば、買い物帰りにちょっと屋台だけでも寄ってみようか、という住民も出てくるのではないだろうか。

「座食スタイルには座食のよさがあり、落ち着いていいのですが、あとから輪に入っていくのをためらう方もいるでしょう」

「それ、わかるわ～」

さきほどの女性が、うんうんと何度もうなずきながら賛同した。

「うちの娘も言ってたの。苦手な人のとなりになると楽しくないから、会社の花見には行かないって。ほら、若い子がよくやる『コンパ』っての？　あれと縁日を足したみたいにしちゃえば、小さい子から学生やお年寄りまで、幅広く親睦会に人が集まるんじゃないかしら」

「そ、そうです！　僕もそんなイメージで考えてました！」

しばらく押し黙っていた篠原が、嬉しそうに口を挟んでくる。

たしかに合コンのドキドキ感と、お祭りのわくわく感を合体させたような雰囲気を作りたいと相談はされたが、頭の固い航平からしてみれば、合コンはないだろうと思ったのだ。まさか同じような意見が住民の、それも母親ぐらいの年齢の女性から出るとは――。

「あらぁ、そうなの。なんかすごく楽しそうだものねえ～」

「はい！　お祭りもそうなんですけど、参加してる意識が大事なんだと思います。楽しんだもん勝ち、というか。親睦会も同じです。参加することに意義があります。だからその……どうすればより多くの人たちに参加していただけるか、僕たちは真剣に考えてます」

さきほどとは打って変わり、目を輝かせて熱く語る篠原を、住民たちが見る目つきも変わってきている。最後ぐらい決めてみろと、航平が目で合図を送ると、篠原は力強く言った。

「つまり、踊るアホウに見るアホウ、同じアホなら踊らにゃ損々です！」

集会室が水を打ったようにしんと静まり返る。

おい、この流れでそれはないだろうと、航平が残念な目を向けると、篠原は『やらかした⁉』という青ざめた顔で硬直した。その直後、女性が小さくぷぷっとふき出した。

女性の失笑につられるようにして、室内のあちこちでも笑いがもれる。

「つまり――」

航平が表情を引きしめて流れを変えると、組合員たちは続く言葉に意識を集中させた。

「今までは居住者のみなさんが『お客さま』で、僕が『親睦会』という宴席をご用意させていただくようなかたちでした。ですが、今年はみなさんひとりひとりが『参加者』となり、みなさんの手で『親睦会』を盛り上げ、作り上げていただきたいのです」

　ふたたび集会室は静かになったが、不思議と心地よい緊張感に包まれていた。

「そのために、篠原が最善の努力をもってサポートいたします。手前味噌《みそ》で恐縮ですが、彼は未熟ながらやる気は人一倍ある男です。当日はさぞかし、素晴らしい一日になることでしょう。みなさんが最高の笑顔で楽しまれることを、切に願っております」

　航平が凜《りん》とした口調で言い終えると、前方の席の女性が笑顔で手を叩いた。組合長の畑野も立ち上がると、「わかりました。必ずや、会を成功させます」と意気込みを示す。

「篠原さん、期待してるからよろしくね！」

　女性に応援の声をかけられて、篠原はやや顔を紅潮させながら、深々と頭を下げた。

　一時は脱線していた初の会合も、航平の援護によってなんとか締めくくることができた。

「はあぁ……緊張した……」

　マンションのエントランスを出た途端、篠原は道路にしゃがみ込みそうになっている。気がゆるんで力が抜けたのだろう。疲れきっている篠原を、航平が叱咤《しった》激励する。

「おい、これぐらいでヘタれてたら、さきが思いやられるぞ。誰だって最初からうまくできるやつなんていないんだから。でも、おまえにしてはがんばったほうだよ。お疲れさん！」

　髪の毛をわしゃわしゃとかき乱すと、篠原は照れくさそうな笑顔になった。

「立花さんのおかげで助かりました。本当にありがとうございます！」

「次から俺はいないんだから、しっかりしてくれよ。なあ、一小路」

一小路を振り返ると、顔をそむけたまま無反応だった。集会室を出てからずっと無口で、考えごとをしているのかと思っていたが、なんとなく無視されているような気もする。

(最近、どうしたんだ？　疲れがたまってるのか……)

三人で駅に向かいながら、今日の反省点などを篠原と話し合う。そのあいだも一小路は、ふたりの会話を聞いているのかいないのか黙《だんま》りを決め込んでいて、航平は後ろが気になった。

途中で航平の携帯電話に、取引先から至急の問い合わせが入った。

「ええ、今ちょっと出先なんですが、すぐに調べます」

手にしたビジネス鞄《かばん》を開けて、中から必要な書類を探り当てる。長くなりそうなのでさきに駅に行っててくれと断り、歩道の邪魔にならないところへ移動して電話を続けた。

その様子を少し離れた場所で見ながら、一小路が篠原に向き直る。

「お茶でも買ってくるから、よかったらきみも飲まないか」

仕事の電話が終わるまで、航平をここで待つつもりの一小路は、自動販売機を指差した。

「あっ、じゃあ……俺も一緒に行きます」

携帯電話を持ちながら、書類をめくっている航平は困った顔をしている。篠原は、トラブってなければいいけど、という心配げな目で見たのち、一小路とともに自動販売機まで歩いた。

一小路が自分用の缶の緑茶を一本買うと、篠原に言った。

「いつも仕事でお世話になってるし、ここは俺が三人分出すよ」

「いえいえ、そんな！　それは申し訳ないです。一小路さんに払わせたら俺が立花さんに怒られちゃいますよ。立花さんのぶんも俺が買いますから」

篠原は大きく手を振りながら遠慮すると、財布を取り出して投入口に小銭を落とす。

「よくできた後輩だね」

「全然ですよ。ほんと、いつも立花さんに飯とかおごってもらってるし、コーヒー代ぐらい俺が出すの当然なんで。一小路さんは気にしないでください」

「……ふうん、そうなんだ。仲いいね」

一小路の声がじゃっかん低くなったが、篠原は気にとめずに缶コーヒーを買った。

「俺、小さいときからアニキに憧れてて」

「アニキ？」

「うち、姉がふたりいるんですけど、これがもう、弟を下僕としか思ってないような女王様で。だからずっと男兄弟に憧れてたんです。立花さんは理想のアニキというか――」

屈託のない笑顔で見上げる男は、一小路より優に十センチは視線が下だ。清潔感はあるが、毛先を遊ばせた髪型には若さが残っており、航平と並ぶと社会人としては見劣りする。

プランナーとしての手腕もまだまだで、今日の会合の進め方も、決してスムーズといえるものではなかった。けれど、性質の悪い男ではないと、一小路も認識している。

「きみは――立花とよく飲みに行ったりしてるの?」

篠原は二本目の缶コーヒーを取り出しながら、「前は飲んでました」と答えた。

「立花さん優しいから、気を遣ってくれてたんだと思います。俺が仕事でミスったときなんか、かならず飲みに連れて行ってくれたりして。ずいぶんおごってもらいました」

「……なるほどね。あいつらしいよ」

「割り勘にしましょう、と言うんですが、出世払いでいいからって。だから、営業回りとかの途中で、飲み物を買うのは俺の役目なんです。そこはおごられてやるって」

満面の笑みを浮かべる篠原は、航平への思慕を隠せないようで、一小路は目をすがめる。

「一時、会社を辞めたい時期もあったんだけど――」

すっと視線を落として、手の中のふたつの缶コーヒーを静かに見つめる。

「相談したら、立花さんが言ったんです。『おまえは、仕事は遅いけどそのぶん丁寧だし、機転はきかないが集中力はある。ここで諦《あきら》めるのはもったいない。おまえがこれからもがんばれるよう、俺がフォローするから、もう少し続けてみないか』って」

「……」

「すごく嬉しかった。立花さんは、俺のことちゃんと見てくれてるんだなぁ……って」

笑顔の篠原とは対照的に、一小路は複雑な顔で黙り込んだ。

「そんなふうに言ってくれる人、立花さんしかいなくて。だから俺、いつか本当に出世して、

立花さんに恩返ししたいんです。後輩にも、同じように励ましてやればいいなぁって……」

感謝の気持ちを語る篠原を前に、ふと一小路は十年前を思い返していた。

剣道部員の中には篠原と似たようなことを言って、航平に憧れる後輩たちがたくさんいた。大勢の仲間から信頼されて、いつも輪の中心にいた航平。

そんな航平を一小路は好きになったのだが、ときどき自分でもわけのわからない、不快感を覚えるときがある。航平を慕う者たちに対して、どうあっても好意を抱けないのだ。

「――そうだな、立花は昔から誰にでも面倒見がよかったから」

所在なく緑茶の缶を持ち直していると、篠原は気まずそうな顔でうつむいた。

「す、すみません。なんかこんなところで、個人的なことをべらべらしゃべっちゃって……。俺の話なんてどうでもよかったですね」

「それじゃあ、最近は立花と一緒に飲みには行ってないんだね」

「行ってないです。秋からずっと忙しいのもあったけど、最近は暇なのに。こないだ誘ったら先約があるからって断られたし。ちょっと、寂しいです……」

「たぶんそれは、恋人を優先してるんじゃないかな」

面と向かって釘を刺そうとしたところ、

「やっぱりそう思いますかっ⁉」

篠原が大きな声で身を乗り出してくる。ものすごい食いつき方に一小路は身を引いた。

「……まあ、普通はそうだね。あいつは今ラブラブで──」

「でも、違うって言うんですよ～」

「違う？」

「こないだ気になって訊いたんですけど、つき合ってる人はいないって言ってました。立花さんが俺に嘘をつくはずもないし、彼女はいないみたいですね」

はっきりそう言い切られて、一小路はわずかに顔をしかめた。篠原に恋人の有無を疑われているとは聞いていたが、存在を否定しているとは知らなかったのだ。

いくら航平と篠原が先輩後輩の間柄でも、ふたりが親しくしているのは面白くなかったし、そのうえ色ぼけどころか、フリーをよそおっているのは、気分がいいものではない。

「あの……俺、また変なこと言っちゃいました？」

いつの間にか険しい顔で考え込んでいた一小路は、顔を上げて篠原を見据えた。

「きみは──あれだね。思いのほか明け透けというか、口が軽いんだな。そうやって誰にでも、大事な先輩の恋愛事情を話したりしてるのか」

「えっ！　あっ、いえ……すみません。俺が軽率でした。でも、誰にでもじゃないです。一小路さんは立花さんと特別な仲みたいだし、俺もつい、いいかと思って……」

「いや、こっちこそ悪かった。意地悪な言い方をしてしまったね」

一小路は自分らしくない言動を反省した。航平のことになると感情的になってしまうのだ。

「篠原くんは正直だね。それに立花と違って——」

なかなか鋭い、とからかうような笑みを見せると、篠原は目を大きくさせた。

「おい、なにが俺と違って——だよ?」

唐突に会話に割り込んできたのは航平だった。仕事の電話がようやく終わり、自動販売機の前でなにやら立ち話をしているふたりに気づいて、近づいてきたのだが——。

まさか自分のことを話していたとは、航平が知る由もない。

「お疲れさまです、どうでした? 電話、備品の件ですよね。大丈夫だったんですか」

「ああ、ちょっと手間がかかったけど、問題ない。すぐにレンタルの代用品を手配したから。詳しくはあとで話すよ。それで、おまえたちこんなところで——」

「待ってるあいだにコーヒー買ってたんです。飲みますよね? どっちがいいです」

篠原がメーカーの違う、ふたつの缶コーヒーを航平に見せると、

「サンキュー。んじゃ、こっち。俺、こんど限定ジャンパー狙ってるから」

当たり前のように片方の缶コーヒーを手に取る。

「あー、やっぱり。立花さん、またそこのシール集めてると思ったから」

航平は飲料水のキャンペーンにはまっていて、当選しないとわかっていても、応募シールを集めてしまうのだ。応募台紙が埋まったときの達成感を味わえるのもいい。

「そうだ、立花さんにあげようと思って、携帯にシールを何枚か貼ってあったのが……」

　そう言いながら、篠原は上着のポケットに手を入れるが、「あれっ、ない」と首をかしげる。ズボンのポケットや鞄の中も探すが、携帯電話そのものが出てこなかった。

「やばい。俺、さっきの集会室に携帯忘れてきたかも」

「だったら、早く取りに行ってこいよ。俺はここで待ってるから」

「す、すみません！　すぐ戻りますから」

　来た道をUターンして走っていく篠原に、航平は「慌てて、転ぶなよ」と注意をうながす。

「――ったく、いつまでたってもそそっかしいやつだな」

　一小路まで待たせるのは悪いので、ここで解散するかと言おうとしたら、目と目が合った。

その瞬間、ドキッとする。自分を見る一小路の目が、鋭い光を放っていたからだ。

憮然《ぶぜん》とした顔つきで、心なしか苛立ちを抑え込もうとしているようにも感じられた。

「まるで、心配性のお兄ちゃんだな。そりゃあ、篠原くんも舞い上がるはずだ」

　ふっと鼻にかけたような失笑。一小路らしくない、いやな笑い方だった。

「なんだよ、それ」

「立花にとって、彼はどういう位置づけなんだ」

「位置づけって……」

　急にそんなことを訊かれても、会社の後輩としか答えようがない。

「俺から見たら、おまえたちはただの先輩後輩の関係には思えないんだが。どう考えても普通じゃない。甘やかしすぎだろ。べたべたしやがって」

両腕を前で組み、あきらかに不満げな態度で文句を言われて、航平は驚いた。仕事に関して一小路が今まで口を挟んだことはなかったし、『べたべた』というのもよくわからない。

「妙なこと言うなよ。べつに、べたべたなんかしてないだろ。まあ、あいつははじめて教育係を任された後輩だから、目をかけてしまうのはあるけど――」

手がかかるほどかわいいというのだろうか。途中から助け舟を出してしまったのは、篠原のためにならないとは思ったが、進行上あのまま放っておくわけにもいかなかったのだ。

「これからはもっと鍛えて独り立ちさせるから、今日は目をつぶってくれ」

「俺が言ってるのは、仕事がらみの件じゃない。フリーの俺と違っておまえは会社を背負っているから、先輩として後輩を手助けするのは当然だ。そこは俺も譲る」

「じゃあ、なんだよ」

「俺が知らないおまえのことを、たかが後輩が知っているというのが不愉快だ。缶コーヒーの応募シールぐらい、俺なら百枚集めてやる」

「はっ？」

いったいなんの話かと、航平は目をしばたたかせるが、一小路は真剣な面持ちで続けた。

「しかも一番腹が立つのが……。まさか職場で、毎日あんなことをしてるのか」

「あんなこと？」

一小路は眉間にしわを寄せて、「彼の頭をなでてやってただろ」といやそうに吐き捨てた。

「えっ」

航平はきょとんとした顔で黙り込んだ。さきほどマンションのエントランスの前で、おまえにしてはがんばったよ、と篠原の髪の毛をかき乱したことを言っているのだろう。

「あれが——よくなかったか？」

「なんの成果も上げてない後輩に対して、頭をなでてほめる必要はない。スキンシップの度が過ぎるぞ。というか、そんなこと俺でさえしてもらったことないのに」

不満をぶつける一小路は、まるですねた子供のような顔で口を尖《とが》らせている。

「あの……もしかして一小路は、俺に頭をなでてもらいたかったのか？」

「当たり前だろ。俺だって仕事がうまくいけば、おまえになでなでされたいし、だめなときは優しくキスして励ましてもらいたい。おまえに甘えていいのは、俺だけなんだ」

独占欲をあらわにして、強く言い放つ。珍しく感情が高ぶっているのが見てとれた。

そんなことを言われたのははじめてで、嬉しいような恥ずかしいような気分だった。なんだか調子が狂ってきて、一小路の顔がまともに見られないまま頭をかく。

「けど……一小路は前から俺にあまり愚痴ったり、相談したりしなかっただろ。俺に頼る前にいつも自分だけで解決するし、俺なんかが励まさなくても大丈夫かと思ってた」

すると一小路は不本意そうな顔で、深いため息をついた。

「大丈夫なもんか。俺はいつだっておまえを必要としてる。おまえのほうこそ、俺がいなくても平気なんじゃないのかよ？　立花は俺とつき合ってることを――」

畳みかけるように言ったものの、途中で口を閉ざして押し黙る。神妙な顔をしていた。

「……いや、やめよう。なんでもない」

気持ちを落ち着けようと、手にした緑茶の缶のプルタブを開けて飲んだ。濡《ぬ》れた口許を片手でぬぐいながら、ちらりと航平を一瞥する。心の奥を探ろうとするような視線。

いやな間だ。いつもと勝手が違う空気に戸惑う。

どうやら、篠原に対しての自分の態度が気に入らないらしいが、どうしてそこまで一小路が怒っているのか。今この雰囲気で理由を訊けるほど、航平も無神経ではなかった。

『立花は俺とつき合ってることを――』

そのあと、なにを言おうとしたのだろうか。考えていると胸の奥がざわざわとしてきた。

歩道のわきで、緑茶を飲み続けていた一小路が、思い立ったように切り出す。

「立花、今日の夜はあいてる？　仕事は遅くまでかかりそうなのか」

いつもの軽い口調とくだけた笑顔に、ようやく航平もつめていた息を吐いた。

「そうだな、ちょっとやり残した雑務があるから……。帰るのは遅くなる。なんで？」

「おまえを抱きたい」

「――っ!?」

突然の爆弾発言に言葉を失った。口を半開きにしたまま、フリーズすること数秒。恥ずかしさといたたまれなさで、一気に体温が上昇する。顔から火が出そうな思いだった。

「な……なにぃ……」

「今日は無性にやりたい気分なんだ」

「ちょっ、だから、そういう恥ずかしいことを道ばたで言うな！」

取り乱した航平のほうが声は大きい。一小路がにやにやしながら、しーっと口許に人差し指を立てる。航平はしまったと、辺りを見渡した。幸い、通行人はいない。

「俺が立花の部屋に行ってもいい。今夜はおまえを腕の中に抱いたまま寝たい」

場所を考えろと言っても、一小路は熱っぽい目で口説いてくる。やや芝居がかった甘い台詞や色気のある顔にどぎまぎしながらも、航平は陥落される手前で踏みとどまった。

「だ、だから、今日はほんと無理。何時に終わるかわかんねぇし、明日の朝も早いから。――というかおまえ、先週あんだけやっただろ。それでなんでもう……」

一小路のベッドで、腰が砕けそうになるまでゆさぶられた夜を思い返して、航平は片手で額を押さえた。よりによって、なぜこのタイミングで欲情するのか。わけがわからない。

「あのな、こっちにだって都合がある。いくらなんでも毎週じゃ体がもたない」

「俺は立花となら、毎日やっても足りないぞ」

反省するどころか、胸を張って得意げに言い返されて、ほとほと呆れた。ああ言えばこう言うで手を焼いているところに、タイミングよく篠原が駆け足で戻ってきた。

「す……すみません、お待たせしました！　携帯、ありました」

かなり急いで行ってきたのか、息を乱しながら手にしたスマートフォンを見せる。

「そうか、よかったな」

「はい。ご心配おかけしました。そうだ、シールも忘れないうちに渡しておきます」

嬉々《きき》として、スマホの裏面に貼りつけた応募シールをはがそうとする。その律儀さに思わず笑みがこぼれて、「いいよ、営業所に戻ってからで」と礼を言った。

「立花、俺は別件の用事があるから、これで失礼するよ」

一小路は唐突にそう言うと、篠原と入れ違うようにして背を向けて歩き出した。

「――えっ、おい、駅まで一緒に行かないのか」

用事があるとも聞いていなかったのに、一小路は無言で片手を上げ返しただけで、そのまま駅とは逆方向に歩いて行ってしまった。その後ろ姿を航平はぼんやりと見つめる。

「一小路さん、ほかの仕事があったのに来てくれて……。悪いことしちゃいましたね」

「さて、俺らも社に戻るか。所長におまえの不甲斐なさを報告しないとな」

「え～、それは勘弁してくださいよ」

電車の車両の中で、篠原が買い替えたばかりのスマホの話をしているあいだ、航平はおざなりな相づちを打ちながら、一小路のことばかり考えていた。

別れ際に見た、彼の背中がどこか寂しそうに思えたのは気のせいだろうか。やはり無理してでも、一小路の誘いにのってやればよかったと、航平はちょっぴり悔やんだ。

自分が恋におぼれて周りが見えなくなるのは歓迎できないけれど、好きな人の望みにはできるだけ応じてやりたいし、喜ぶことはなんでもしてやりたい。

一小路は、だめなときは励ましてほしいと言ったが、フリーランスゆえの苦労もかなりなものだろう。しかし彼はそういった仕事のストレスを、口に出すことはめったにない。

高校のときから一小路は、どのグループにも属することなく、自由に我が道を進んでいた。不当なルールを押しつけられたり、団体の意見に合わせるのが苦手で、自分だけのスタンスを築いていた。そんな彼の強さに航平は心を惹かれていた。

ただ、組織の中では孤立していたけれど、彼自身は孤独ではなかったと思える。それなのに今は立ち去る彼の背中に、なぜだか孤独感が透けて見えたような気がしてならなかった。

『大丈夫なもんか。俺はいつだっておまえを必要としてる。おまえのほうこそ、俺がいなくても平気なんじゃないのかよ？　立花は俺とつき合ってることを――』

まるで航平を責め立てるような口調だった。

（平気なわけないだろ……。俺にだって一小路が必要だ。わかってるはずなのに――）

まさか、そんな言葉が彼の口から出るとは予想もしていなかった。最近の一小路は妙に感情の振り幅が大きい。危ういバランスの悪さでなりたっているようだ。

（けど、誰だってそんなときはあるよな……）

彼は彼だ。どういった一小路でも愛情が冷めるはずなどない。

それよりも、一小路がいろんなストレスを抱えているのならば、ほんの少しでも発散させて楽にできればいいのにと願う。彼にはいつだって心の底から笑っていてほしい。

航平はその夜、営業所で居残って作業をしながら、一小路にメールを送った。もうすぐ帰れそうなので、もしもまだ一小路にその気があるのなら、うちに来ないか、という内容だ。

一度は拒んでおきながらも、やはり彼が気になったし、笑顔が見たかった。

一小路からの返信メールは驚くぐらい早く届いた。

——おまえの写真で作った抱き枕があるから、今夜はそれで我慢するよ。

「……」

航平は何度もその文を読み返した。抱き枕って……。いつのまにそんなモンを作ったのか。どういう写真を使っているのか、考えただけで複雑な気持ちが入り乱れる。

抱き枕にはふれないまま、胸の内に引っかかっていた心残りをキーに打ち込んだ。

——今日はいやな思いをさせて悪かった。今度、よかったら頭をなでなでしてやるよ。俺にもおまえが必要だ。応募シール百枚より一小路がいい。

本人の前では言いにくいことも、メールなら素直に伝えられる。すぐに着信があった。

——なでなでもいいが、やっぱりおまえを抱きたい。

その一文に自然と頬がゆるんだ。

来週、久しぶりに剣道をやりにいく予定なので、都合がよければ一緒にくるかと訊いてみると、すぐさま返信があった。もちろん行く、都合が悪くてもなんとしてでも行く、というやけにテンションの高い顔文字入りのメールが返ってくる。

「……そんなに喜ばなくても」

くすっと笑い声がもれる。笑顔で万歳する顔文字のおかげで心が晴れた。胸の奥に温かいものが広がり、なんとも言いようのない甘くせつない気持ちがあふれ出る。

恋人とのささいなメールのやり取りだけで、このうえない喜びを感じる。心の片隅にあった小さなわだかまりがあっという間にとけてなくなり、気持ちが凪《な》いで穏やかになった。

一小路を好きでよかったと、心からそう思う。

＊＊＊

三月に入っても気温は上がらず、全国的に春の訪れが遅くなるという予報が出ていた。

雨や曇りの日が続いていたが、道場に出かける日の午後は、運よく晴れ渡った。途中の乗り換え駅で一小路と待ち合わせて、そのまま一緒に電車に乗って向かった。

航平がときどき通っているのは、区の体育館にある武道場で、いろんなスポーツ教室が開かれていた。剣道はサークル活動として、子供から大人まで年齢性別に関係なく参加できる。

指導者が教えてくれる日もあるが、基本的にはそれぞれの能力やペースにあった自主稽古《けいこ》がメインで、時間帯によっては一般の試合稽古もおこなっていた。

しばらく忙しかったので足を運べなかったが、今日は日曜ということもあって、道場の中央では十名ほどの参加者がすでに基本打ちの稽古に励んでいる。周囲の壁側では休んで見ている者や、素振り、筋肉トレーニング、すり足を練習する者たちなどさまざまだ。

「へえ、思った以上に広いな」

航平とともにはじめて道場を訪れた一小路は、興味津々で辺りを見渡していた。彼の手には当然ながらカメラがある。いつかまた航平の勇姿をファインダーに収めたいと願っていたのだが、それがようやくかなったことで、一小路は道場に着く前から上機嫌だった。

「多目的の武道場だからな。平日の夜とか、人が少ないときは半分しか使ってないんだ」

防具袋を床に置くと、航平は久しぶりに味わう道場の熱気に酔いしれた。

ふたり一組で竹刀《しない》をかまえて向き合い、かけ声を出しながら激しく打ち合う。パンパン、という甲高い竹刀の音に合わせて、大きな声と床を踏み出す足音が道場に響き渡る。

気持ちが一瞬で引きしまるような、それでいてほっとするような懐かしい風景。長く体に染み着いた独特の緊張感が、航平をじわじわと奮い立たせていく。

「俺、着替えてくるから」

道場に着くなり口数が減った航平に、一小路は早くやりたいんだろと言わんばかりの笑顔を見せて、無言でうなずく。防具袋を抱え上げた航平は足早に更衣室へと向かう。

剣道着に着替えた航平が、竹刀を持って一礼して道場に入ると、一小路が振り返って目を瞠《みは》った。頭のてっぺんから爪先まで舐めるように見て、嬉しそうに破顔する。

「すごいな。さすがよく似合う」

感嘆の声をもらす一小路に、今さらなにを言っているのかと思いつつ、冷静に返した。

「驚くほどのことかよ。高校のときに何度も見てるだろ」

「十年ぶりの、生《ナマ》だぞ。もう見られないと思ってただけに、感慨もひとしおってもんだ。それにあのころとは体つきが違う」

顎をこすりながら顔をにやつかせる。その目はどこかいやらしさに満ちている。

普段から姿勢のいい航平だが、紺色の道着に袴《はかま》を身につけると、スタイルのよさも相まって凛々しさが際立っていた。ただ立っているだけで、人目を引く風情がある。

美しい立ち姿の男に目を奪われているのは、一小路だけではなかった。以前から航平を知る者や、通いはじめたばかりの若い女性などが、ちらちらとふたりを見ている。

けれど、すでに剣道のことだけで頭がいっぱいの航平は、一小路の色目も受け流して、邪魔にならない場所で準備体操をはじめた。そのあと、防具をつけないまま素振りに入る。

一小路が見学に来ているからといって、格好よく見られたいとか、そういう考えはいっさいない。むしろ航平にとっては、一小路がいようがいまいが関係ないのだ。いつもどおり全力を出しきり、自分が満足のいく剣道ができて、楽しければそれでいい。

頭の後ろから、まっすぐに振り下ろされる竹刀が、力強く風を切ってシュッと音を立てる。正確なかまえ、無駄のない足運び。地味な鍛錬だが、何十回と竹刀を振り下ろそうと、流れるようなきれいなフォームで、リプレイ再生を見るかのように乱れがない。

真剣な顔つきで前だけを見て、素振りを繰り返す航平に、一小路はただ見入っていた。一度はカメラをかまえようとしたのだが、まいったなという苦笑いを浮かべて諦めたのだ。

航平の写真を撮るのが目的だったのに、それどころではなくなってしまった。カメラよりも、自身の網膜に本物を焼きつけようと、シャッターを切るように何度もまばたきをしていた。

納得がいくだけ素振りをおこなうと、体が温まり集中力も高まる。ひとりで基本稽古だけで終わる日もあるが、やはり打ち合う相手を見つけて竹刀を交じえてこその剣道だ。

少し息があがった航平が、胴と垂を丁寧につけながら、知ってる顔はいないかと探していると、見覚えのある少年が笑顔で近づいて声をかけてきた。

「立花さん、今日は来てたんですね！　よかったら、地稽古の相手をしてもらえませんか」

やや興奮ぎみの少年は鈴本《すずもと》といい、最近、道場で顔見知りになった高校生だ。現役の剣道部員で、部活の稽古だけでは物足りないらしく、実力者との手合わせのため道場に通っていた。

短く刈り上げた髪と若々しい瞳の彼に、微笑ましさを感じずにはいられない。

「ああ、もちろん。どうか、お手やわらかに」

「な、なに言ってんすか、俺のほうこそ力不足ですけど……」

航平がこころよく承諾して右手を差し出すと、やる気に満ちた目で力強く握り返された。

地稽古とは、掛かり稽古のように掛かり手が一方的に攻めるのではなく、互いに対等な立場として攻め合う稽古だ。ゆえに個人の力量がありのままに出てしまう。

インターハイ出場経験があり、段位六段の航平はこの道場内でも自然と噂になり、高段者の年配男性などから試合稽古の相手を頼まれるのも珍しくはない。

月に数回、道場に来られればいいほうなので、試合となると以前のように一本を決めるのは難しく、負けることもまれにある。それでも今は勝ち負けにこだわることはなくなった。

選手としての責任やプレッシャーから解放されて、今は純粋に剣道が好きなのだ。

航平は道場の床に腰を下ろして正座すると、面タオルを手にした。面の下につける専用の手ぬぐいだが、これを頭に巻く瞬間が、一番気持ちが引きしまるといっていい。

視界を遮るように顔にあて、頭に巻きつける。精神統一ができて、覚悟が決まる。面をつけて立ち上がったときには、自分が誰よりも強い男に生まれ変わったような気分になる。

目を閉じて深呼吸。黙想をして目を開けたときには頭の中が『無』だ。その場で一礼をして道場の中央に出ると、周りで稽古をしていた者たちがおのずとスペースをあけた。

向き合って互いに礼を交わす。適度な緊張感が漂う中、両者が竹刀をかまえる。鈴本と竹刀を交じえるのははじめてだが、中段のかまえを見ただけで、航平は彼の力量をよみとった。

直後、間髪入れずに大声とともに面を打ち込んでくる。航平は冷静にガードした。誘いにのって返し技にいったりはしない。実力者ならば確実にやられる。

鈴本は攻撃的なタイプのようなので、じっくり攻める航平とは相性がよかった。まずは相手の竹刀の剣先を押さえつつ、竹刀の表と裏、どちらを強く押し返してくるか様子を見る。

上級者になればなるほど、剣先での攻め合いが多くなる。攻防のやりとりのなかで、互いに相手の隙を探したり、誘い出したり、次の技から逆算して攻める場所を決めていくのだ。

大きなかけ声とともにせめぎ合いが続き、間合いをはかって鈴本が踏み出してくる。航平は足を使っていなす。常に動きを止めないことで、相手に間合いをつかませないようにする。

どんなに疲れたときでも、一秒も足を止めてはいけない。止めた瞬間に狙われる。

彼の得意技は飛び込み面のようだが、ガードが甘い。航平が一気に間合いをつめて、大声とともに上段から一撃を振り下ろす。面は外れたものの、初太刀《しょたち》で相手に心理的動揺を与え、自分の流れにもっていく。

気迫に満ちたふたりの攻防を、ほとんどの者たちが稽古をストップして、食い入るように見ていた。少し離れた場所に立つ一小路も、固唾《かたず》をのんで見つめていた。

徐々に打ち合うスピードが上がり、派手な音を立てて竹刀がぶつかり合う。ときには近距離で互いの竹刀の鍔《つば》をからませ、相手の目を睨みつけながら押し合う。

航平の素早い引き胴が決まると、鈴本がすかさず刺し面を打ち込んでくる。

正式な試合に勝るとも劣らない緊迫感に迫力。地稽古は有効打突が決まっても一本にはならないので、そのまま稽古は続行していく。

これが公式試合なら、まずは勝つための戦略を考えるところだが、今の航平にとって大事なのは、竹刀を交えることで相手自身を知ることだった。自分より十歳も年下の若い男から、地稽古の相手に選んでもらえただけで光栄だった。

剣道はほかのスポーツとは異なり、竹の棒で相手の身体の一部を打たせてもらって修業する。大切な頭や喉や胴体などを打ったり突いたりして高め合う。勝っても負けても感謝の心を忘れてはならないというのが、祖父の口癖だった。

礼にはじまり礼で終わるのも、お互いに対する心構えの確認だ。そのことが理解できれば、相手の竹刀が多少痛く当たっても、受け入れるだけの心の強さが生まれる。

だから、互いに思いきり竹刀を打ち込んで、稽古に励むことができるのだと、師範代の祖父は教えを説いてくれた。小学生のころはあまりぴんとこなかったが、いろんな対戦相手と竹刀を交えていくうちに、航平はその意味を体で理解した。

技術や腕力よりも、心の置きざまが求められるのが剣道の魅力だ。いくら稽古だとしても、全力を出しきって恥ずかしくない剣道をするのが、相手への礼儀だと航平は考えている。

ただならぬ雰囲気の中、白熱した打ち合いが続き、両者ともわずかな疲れが見えはじめたころ、相手の表をとった一瞬の隙をつき、航平は遠間から力強く踏みきって跳び込んだ。

鈴本に体当たりするような勢いで、まっすぐ前に跳んだ瞬間、豪快な飛び込み面が決まっていた。同時に破裂音のような、大きな音が道場内に響き渡る。

面を打ち込まれた鈴本はその反動でふらつき、足を滑らせて尻餅《しりもち》をついた。自分が得意とする飛び込み面を決められたのがショックだったのか、なかなか立ち上がろうとしない。

「大丈夫?」

息を切らした航平が近づいて見下ろすと、鈴本はゆっくりと顔を上げて無言でうなずいた。そして床の上で正座をして姿勢を正すと、その場で両手をついて深々と頭を下げた。

「……ありがとうございました」

稽古の終了を意味する座礼。心のこもった美しい礼に、航平は胸を熱くした。

同じようにその場にすっとしゃがみ込み、竹刀を床に静かに置くと、目の前の少年と気持ちを合わせるようにして頭を下げた。

「こちらこそ、ありがとうございました」

納めの一礼を終えて両者が立ち上がると、張りつめた空気がふたたびゆっくりと流れはじめた。いつの間にか道場の中央には航平たちしかおらず、ふたりに圧倒されて引き下がっていた者たちが、なにごともなかったかのように戻ってきて、自分たちの稽古を続けた。

航平は鈴本と言葉を交わすことなく、背を向けて壁側へと移動する。今は稽古の余韻を大事にしたかったし、心地よい疲労感と満足感に浸っていたかった。

面をとって流れる汗をタオルで拭《ふ》いていると、ご機嫌そうな一小路が近寄ってきた。ああ、そういえばいたな、と今になって他人事《ひとごと》のように思っていると、

「俺がいるの忘れてたろ」

図星を指されて思わず苦笑がもれる。

「そうだな、忘れてた。――で、満足のいく写真は撮れたのか」

「それが残念ながら、まだ一枚もおまえを撮ってない。というか、撮れなかったんだ」

「なんだ、そうなのか。カメラの調子でも悪かった？」

航平は持参したスポーツ飲料を飲みながら、気になったので訊いてみた。一小路は肩からかけた、一眼レフのデジタルカメラを持ち上げて愛《いと》しそうに見る。

「こいつはいつもいい働きをしてくれる。問題はない。問題があるのは俺で――」

「おまえに？」

「立花が格好よすぎて、手が震えてシャッターが切れなかったんだ」

ここぞとばかりに極上の笑みを見せる一小路に、航平はひそかに胸をときめかせた。けれど照れくささが先立ち、内心とは裏腹に、ふうんと素っ気なく返しただけだった。

「おい、それだけかよ。まっ、仕方ないか。今の立花には剣道のことしか頭にないからな」

その剣道と比べ物にならないぐらい、おまえのほうが好きだと心の中で思うが、口にはでき

ないのが航平だ。もどかしさを感じつつも、スポーツ飲料を飲むことでごまかす。

「それにしても、やっぱり本物の迫力はすごいな。相手の彼も――まだ高校生ぐらいだろ？

若いのに力がある子だった。十年前の立花を見ているようだったぞ」

「あぁ、俺も昔は勢いとスピードで打つタイプだったから」

「まるで立花がふたりいるみたいで、興奮してやばいことになりそうだったよ」

――とくに下が、と耳許でささやかれて思わずむせ込んだ。

「バッ…カ、な、なに言って…っ…」

慌てて身を引いてじろりと睨みつけると、一小路がいけしゃあしゃあと尋ねてくる。

「ところで、前々から気になってたんだが、袴の下に下着をつけないって本当か？」

「てめえ……まだ言うかっ！」

こりない男にいい加減腹を立てて、航平は竹刀を持ってその場を離れた。

乱れた心を落ち着けようと、あいた場所で素振りをする。

剣道家にとって神聖な道場で、エロ話をするなんて言語道断。ふざけるにもほどがあると、文句が止まらないのに、一小路が気になって盗み見てしまい、笑顔で手を振られた。

すぐに目をそらして素振りに集中するが、どうしても下半身に意識がいってしまう。一小路が、いかがわしい目で袴の中央を見ているのではないか、という被害妄想だ。

実のところ一小路がいうとおり、航平は袴の下になにもつけていない。祖父の教えをずっと守ってきたせいか、子供のころからノーパンで、今でもつけないほうがしっくりくる。

（あいつ、もしかして――高校のときからそんな目で見てたのかっ）

竹刀を振りながらも、一小路のしたり顔が頭から離れない。その後、調子を崩した航平は、本来の心のあり方に戻していくのに時間がかかった。

生々しい言葉をかけられたせいで、急に一小路が気になるようになってしまったのだ。カメラを向けられると体に余計な力が入ってしまう。周りから見れば気づかない程度かもしれないが、自分では納得のいく動きではなかった。

ようするに、好きな男に見られているという意識が、はじめて航平を惑わせたのだ。

「もう二度とおまえはここに見学にくるな」

その日の稽古を終えると、着替えて道場に戻ってきた航平は一小路に八つ当たりする。

「おまえのせいで気が散って、最後はぼろぼろだった」

「へえ～、立花が剣道やってる最中に気が散るなんて珍しいな。それに、人のせいにするのもおまえらしくない。誰かになにか言われたのか？」

理由などわかりきってるくせに、白々しいことを言う男をキッと睨みつける。

「俺は……集中力には自信があったのに、一小路がいるだけでこんなふうに――。いや、おまえが下着の話をしたからこんなざまに……」

「おっ、じゃあ、やっぱり？」

「今日の俺は俺じゃない。俺は――もっとできる男なんだ」

防具を入れた袋を見ながら、ぼそぼそと言う航平に、一小路はたまらず笑みをこぼす。

「そんなの俺が一番よく知ってる。立花は強いよ。俺はいつだって、世界中におまえを自慢したいぐらいなんだ。でも、おじいちゃんに攻められてる立花も、かわいくてよかった」

「それを言うな」

最後、実力のある高齢者と掛かり稽古をしたのだが、かなり打たれてしまった。

「一小路といると、最近なんか調子が狂うんだ……」

汗で少し湿った髪の毛をかき上げながら、航平は本音をもらしていた。すると一小路はとろけるように顔をくしゃくしゃにして、「俺も同じだ」と優しい声で微笑みを浮かべた。

「おまえのことを考えると、気持ちが暴走してしまう。気持ちだけじゃなく、体もだけどな。でも、おまえが稽古中に俺を気にしてくれて、最高に嬉しかった」

「一小路……」

夕日が差し込む武道場で、ふたりが見つめ合っていたとき、竹刀の音やかけ声にまじって、聞き慣れた男の声が出入り口から聞こえた。

「あー、立花さん！　よかった、間に合った～」

見ると、剣道着に防具をつけた篠原が、ばたばたと道場に入ってくるところだった。

「――篠原、おまえ今日は、外回りの営業があったんじゃなかったのか」

「そうなんですけど、早く終わらせてダッシュで来たんです。まだ立花さんいるかと思って。ほんとよかったです。あっ、もしかしてもう帰るところでした？」

「うん、まあ……」

一小路はあからさまに驚いた顔で航平を見た。どうしてこの男がここにいるのか、と。

「ああ、篠原も剣道をはじめたんだよ」

未経験なのに防具まで買った篠原に、航平は軽い気持ちでこの道場をすすめた。篠原の自宅からもそう遠くはなかったので、都合が合うときは教えてやるよと話していたのだ。

「本当に帰っちゃうんですか。俺、せっかく――」

「それよりも篠原、おまえ道場に入ってくるときに一礼したか」

「はい？」

「してないよな。これから本気で剣道をはじめるつもりなら、まずは礼節を覚えろ」

やり直しと、航平が強い口調で出入り口を指差すと、篠原は調教された犬のように「はい」と答えて、またどたどたと足音を立てて道場から出ていき、くるっと身を反転させた。

「入ります。よろしくお願いします！」

道場の入り口で大きな声とともに頭を下げる篠原を、周囲の者たちがいぶかしげに見るが、航平はしょうがないやつめと、苦笑を禁じ得なかった。

「べつに、声に出さなくてもいいんだよ。それと準備体操はちゃんとしたのか」

「いえ、まだです……」

「だったら、胴をつけたらできないだろう。まずは柔軟で筋肉をほぐして、それから基本のすり足と素振り。この胴だってつけ方が全然なってない。紐がゆるゆるじゃないか」

稽古初日からきついことを言われて、篠原はしだいに消沈していく。

「いちおう、ネットで調べたんですけど難しくて……」

とにかくいったん外せと、篠原の背後に回り込んで、手際よく胴を外してやる。世話好きの兄のように、手取り足取り説明する航平を、一小路は険しい顔で見ていた。

「立花さん、あの、少しだけ時間ないですか。できれば素振りのやり方とか、教えてもらいたいんですけど……。だめですかね？」

防具を片づけさせられた篠原は、剣道着姿のまま期待に満ちた目で見上げる。

「う～ん……そうだな、これからちょっと――」

「そこをなんとかお願いします！　型だけ教えてもらえればあとはひとりでやりますから」

目の前で深々と腰を折って頼まれては、航平も迷うところだった。

このあと食事の約束をしているのだが、三十分ぐらいなら一小路も待ってくれるのではないか、という甘えが出てくる。せっかく篠原が仕事を早く終わらせて、自分をあてにして道場に飛んできたのに、顔だけを見てひとり残して帰るのもかわいそうだ。

「一小路、すまないが……」

航平が一小路を振り返って打診しようとしたところ――。

「篠原くん」

もたついた空気をピリッと裂くような、凛とした男の声が割り込んできた。

「立花にも都合がある。もう少し引き際を考えたほうがいい。職場で先輩を頼りにするのとはわけが違う。プライベートのときまで甘えて無理をいうのはどうかと思うよ」

静かな淡々とした口調だったけれど、篠原を見る目は冷たかった。

まさか一小路に注意されるとは考えてもいなかったのか、篠原は事情が飲み込めない様子で呆然としている。航平もびっくりして、篠原をフォローする言葉が出てこない。

外面がよく、誰に対してもやわらかい態度の一小路が、こんなふうにストレートに否定するのははじめて見た。けれど、そこまで言うほどのことだろうかと、違和感があった。

「行くぞ、立花」

「えっ……ちょっ、おい」

表情をこわばらせたまま、航平の腕を強引につかんで引っ張る。ぼんやりと立ちつくしていた航平は慌てて防具類を肩に担ぎ、つまずきそうになりながら着いて行った。

「一小路、待てよ。どうしたんだおまえ……」

武道場の玄関を出たところで手を離すと、一小路はしばらく駐車場を歩いて立ち止まった。けれど後ろを見ることはなく、背を向けたまま無言。肩で大きく息をすると振り返った。

「おまえは……いったい、どういうつもりなんだ」

口を開くや否や、歯がゆそうな口調で非難した。航平はわけがわからず瞠目《どうもく》する。

「どういうつもりって――」

「彼が今日来ることを知ってたのか」

「知ってたというか……俺が稽古に行くといったら、来たいとは言ってたけど……。急ぎの仕事が入ったようだから、本当に来るとは思ってなかった。それが、なに？」

「なにって――」

不機嫌なしわを眉間に作った一小路は、鋭い目で睨みつけてくる。

「俺は久しぶりの休日を、おまえとふたりで楽しく過ごすつもりだったんだ。それなのに邪魔が入るとは……。まさか道場まで一緒に通ってるなんて冗談じゃないぞ」

興奮して声を荒らげる一小路は、やり場のない苛立ちを隠しきれない様子だ。航平は困惑した。いったい急にどうしたのかと、こちらが訊きたかった。

「事前に話さなかったのは悪かったよ。そうだな、おまえは篠原と友達でもないし、気を遣うだけだよな。休みの日にわざわざ、仕事関係者と会いたくないのはわかる」

航平が詫びると、一小路は納得がいかなかったのか、ふっと鼻で笑った。

「立花は本当に、昔から人がいいというか……。後輩の我がままにも寛容で、ときどき憎たらしくなるよ。俺が今どういう気持ちなのか、おまえにはわからないだろう」

そんなふうに責め立てられると、航平もいい気分はしなかった。

「少し前から、おまえが俺に腹を立ててたのは知ってたよ。俺のなにが気に入らないんだ？　はっきり言ってくれ。いやなところは直すから」

以前、一小路に鈍いと言われたように、自分が恋愛下手である自覚はある。言われないとわからないのは問題かもしれないが、なにがあっても一小路とは関係を続けていきたいのだ。

「一小路、頼むよ」

「さっき道場で――彼にせがまれて、気持ちがゆれてただろ。俺が、いいよ、教えてやれよと言えば、おまえは喜んで稽古をつけてやるつもりだったんじゃないのか」

「それは……」

そのとおりだったので反論できない。自分の煮え切らなさを反省して素直に謝った。

「おまえは、俺との時間と後輩との時間、いったいどっちが大切なんだ」

「もちろんそれは一小路との時間だよ」

「だったら、迷うことなく俺を優先してほしかった」

もどかしそうな態度で顔を横に向ける一小路に、胃の底がキリキリと引き絞られた。

「俺は――」

航平だって、今日という日をとても楽しみにしてきた。久しぶりに剣道をできるのも嬉しかったが、それは半ば口実みたいなもので、一小路に会えるのがなによりのイベントなのだ。

でも、あの場で篠原をないがしろにもできなかった。結局、自分のせいでどちらにも不愉快な思いをさせてしまい、あまつさえこんな展開になるなんて――。

航平が苦悶の表情で押し黙ると、一小路もつらそうな顔で沈黙した。重苦しい空気がふたりのあいだに漂う。なにか言わなければと気持ちが逸《はや》るのに、言葉が見つからない。

日が暮れて風も少し出てきた。一小路の前髪が風に吹かれて、鬱陶《うっとう》しそうに目を細める。手を伸ばしてもふれられない距離。近づきたいのに近づけない。

「俺は……男の嫉妬《しっと》ほど見苦しいものはないと、そう思ってたよ。ゲイ仲間でも嫉妬に狂って流血沙汰とか珍しくなかったからな。でも、今になってわかった。こういうことかと――」

「こういうこと……？」

一小路は歯ぎしりをすると、切羽詰まったような目を向けた。

「頭で考えて気持ちをどうこうできるもんじゃない。そんな余裕なんかなくなる。気がついたらカッと血が上って激情に支配される。自分でも止められないんだっ」

自分自身に腹を立てているのか、感情的に真情を吐き出す。ひどく真剣で苦しそうな顔。

航平は息をのんだ。なぜだか得体の知れない不安にかられた。少しずつ鼓動が速まり、胸の奥がぎゅっと締めつけられるように痛んだ。

「嫉妬って……まさか一小路は、篠原に嫉妬してたのか？」

一小路は、やはりな、という見透かしたような顔で、口の端を上げてみせる。

「おまえは本当にまっすぐな男だな。普通はすぐ気がつくだろ」

呆れた口調でそう言われて、航平は視線を落とした。

それで、先日から篠原の話をすると機嫌が悪くなったりしていたのか。会合のあとも、やたら篠原を意識していたし、今日にいたってはもろに独占欲をあらわにしていた。

言われてみると、彼らしくない言動のつじつまがあうのだが、まさか一小路が篠原に対してそこまで嫉妬心を抱いていたとは、航平は想像もしていなかったのだ。

「――そうか……。だけど、おまえが嫉妬するなんて……」

あまりに意外で、ぼそっとこぼすと、目の前まで一小路が近づいてきた。威圧感がすごい。

冷たく刺すような視線。一小路を怖いと思ったのははじめてかもしれない。

「俺が嫉妬したらおかしいか？　立花は――俺をどういう人間だと思ってるんだ？　俺は聖人君子じゃない。恋人がほかの男と親しくしてたら、焼きもちぐらいやくだろう」

「そうかもしれないが……、でも、篠原はただの後輩で、互いに特別な感情などいっさいないんだぞ。それに俺が好きなのはおまえで――」

「わかってる。頭ではわかってるが、気持ちをセーブできないんだ。言っただろ、暴走すると。おまえがあいつに笑いかけるだけで、ムカムカする。指一本、さわらせたくない」

情動を抑えきれない様子で、声を震わせながら両手の拳を握りしめている。

「一小路……」

航平は今になって、自分の鈍感さと配慮のなさを悔やんだ。

苦しんでいる一小路を、なんとか楽にしてやりたいが、自分になにができるというのか。どうすれば彼の心の中から、不安や葛藤《かっとう》が消えるのか。

「俺は本当に一小路が好きで、おまえしか考えられないんだ……。篠原は弟みたいな感じで、つい世話をやいてしまうけど、お互いにそんなつもりは――」

「おまえはなんとも思ってないにしても、彼は違うんじゃないのか」

「えっ？」

「あいつの目を見ればわかる。昔の俺と同じ目で、おまえを見てる」

航平は唖然《あぜん》として一小路を凝視した。今も昔も彼は曇りのない目で自分を見つめてくる。しかしその瞳の奥には、いろんな感情が激しくうずまいていることを知っている。

「そうだとしても、おまえは俺のもんだ。誰にも渡さない。絶対に！」

なにかに突き動かされるように航平の腕を強くつかむと、一小路が性急に唇を重ねてきた。

危険なスイッチでも入ってしまったかのようで、荒々しさしか感じない。

「――んんっ」

まさか公共施設の駐車場で、キスされるとは思ってもいなかったので、航平はうろたえた。

顔をそむけようとするが、頭の後ろをつかまれて、さらに強く吸われる。

「くっ、んっ！」

強引で封じ込めるようなキス。航平は力任せに一小路の肩を突き放してなんとか逃れた。

「なっ…、なに考えてんだっ！」

信じられない思いで目の前の男を睨みつけたが、一小路は不思議と落ち着いていた。

「なにって、キスしたかったから、しただけだ」

「こ――こんな場所で、キスなんかして、もし誰かに見られたら……」

周囲に人の気配はなかったが、いつ誰が通りかかってもおかしくはない場所なのだ。

すると一小路は、すっと目を細めて泣き笑いのような顔で言った。

「俺は、誰に見られようとかまわない。恥じることもない。俺は世界中におまえを見せつけて、俺の恋人なんだと自慢したいぐらいだ。でも、おまえは違うんだな」

思いがけない熱い告白に対して、航平はなにも言い返せなかった。一小路の気持ちはとても嬉しいのに、俺も同じだと受け入れて想いを重ねられないのはなぜだろうか。

胸の奥がもやもやして、やりきれなさでいっぱいになり、顔をうつむかせた。

「どうして黙ってるんだ。おまえは本当に俺が好きなのか？」

はっとなって顔を上げる。聞き捨てならない問いかけに、航平は表情を険しくさせた。

「どういう意味だ」

「そもそもおまえはゲイじゃないだろ。おまえが俺を好きなのは友情の延長なんじゃないのか。前に別れようと言い出したのも、その程度の好きでしかなかったってことだろ」

「なっ……！」

いくら売り言葉に買い言葉だとしても、自分の気持ちを疑われるのは許せなかった。友情の延長で男と寝られるわけがない。一小路を好きだと思う気持ちは絶対に譲れない事実なのに、今になって信じてもらえないとは愕然《がくぜん》とした。

「俺とつき合ってることを隠したいのも、疾《やま》しさがあるからじゃないのか？」

航平は上唇をかみしめて、まっすぐに一小路を睨《ね》めつけた。腹の底からじわじわと熱いものが込み上げてくる。言葉にならない悔しさとせつなさで、胸が張り裂けそうだった。

唐突に泣き出したいような衝動に襲われたが、ぐっとこらえる。

「それは違う。隠したいというか――おまえは世界にひとつしかない大切なものだから……。それがどんなに素晴らしく尊いものかは、俺だけが知ってればいいと思ってた。たとえ周囲に認められなくても、俺は一小路への気持ちを恥じたりなどしないし、誇りに思ってる。だって、俺の気持ちをおまえはわかってくれてるはずだから」

高ぶる感情のまま思いの丈をぶつけると、一小路は目を見開いて言葉をなくした。

そうだ。一小路への思いを大切にしたいからこそ、慎重になるのだ。

「俺は……男を好きになるのがはじめてだから、おまえのように慣れてるわけじゃない。気がきかなくて、申し訳ないと思う。けど、おまえが篠原に嫉妬してるっていうのも、俺は『なんでなんだ？』と思うんだよ。俺が好きなのはおまえだって、もう何度も言ってるのに――」

いったん堰《せき》を切った思いは、あっけないほど自然にあふれ出た。震える声をつまらせて、顔をうつむける航平を見て、一小路は沈痛な面持ちで目を伏せた。

「それなのに……信じてもらえてなかったんだな」

鼻の奥がつんと痛み、目を閉じると目尻に涙がにじみ出た。

「――か、帰る！」

いてもたってもいられなくなり、航平は防具袋を肩に担ぎ上げると走り出した。

「立花！」

慌てて呼び止められたが、後ろを振り返らずに駐車場の坂を下った。一小路があとを追いかけてくる気配はなかった。走りながら、悔し涙が止まらなかった。

今日は楽しい一日になるはずだったのに、どうしてこんなことになってしまったのか。どこで間違えてしまったのか。複雑な思いが胸中でせめぎ合う。ただただ、悲しかった。

『――俺が今どういう気持ちなのか、おまえにはわからないだろう』

一小路はそう言ったけれど、今の航平の気持ちだって一小路にわかるはずもない。

（くっそ……、俺が好きなのはおまえだけなのに…っ！）

けれど、そこまで彼を追いつめてしまったのは、自分なのかもしれない。

一小路が篠原に嫉妬心を募らせてしまうのも、航平に好かれているという自信を持てないからこそ、疑心暗鬼になったのだろう。だから、『おまえは本当に俺が好きなのか？』という、普段の彼なら口にしないようなことまで言わせてしまったのだ。

（——そうだよな、俺がもっとわかりやすく愛情表現をしてやれば……）

航平は恋愛体質ではない。一小路のようにストレートに愛情表現もできない。恋愛に振り回されて自分を見失うのがいやで、今まで築いてきた価値観を壊されるのが怖かった。

それが自分の弱さであることを航平は知っている。

高校のときに淡い恋心を自覚したときも、一小路とつき合い出してこの気持ちが間違いなく恋愛感情であると悟ったときも、自分が傷つくのが怖くて臆病になった。

一小路に『その程度の好き』と言われても仕方がないのかもしれない。そして今も、とことんふたりで話し合う前に、一小路を置いて自分から逃げ出してしまった。

一小路は体裁などかなぐり捨てて、本心を包み隠さず、ぶつけてきたというのに——。

航平から見れば完璧に思える一小路でさえ、嫉妬に胸をこがして自身を見失うときがある。彼らしさとはいったいなんなのか。航平が勝手に理想を押しつけていただけなのだろう。

航平は足を止めて、武道場のある体育館を振り仰いだ。

高台に建つ体育館は、オレンジ色の夕焼けを背負って輝いていた。駐車場のフェンスのところに、長身の男のシルエットが浮かび上がっている。逆光で影絵のようになっているので、顔や容姿まではっきり確認できないが、航平は直感した。

（——一小路……）

考えるよりもさきに、きびすを返してふたたび体育館へと足を向けた。気まずいまま別れてしまえば、互いに胸の奥にしこりが残る。そうなる前にきちんと話し合うべきだ。

しかし、航平が息を乱しながら、曲がりくねった坂を上りつめて駐車場に着いたときには、フェンスの前に男の姿はなかった。

途方に暮れてその場でたたずんでいると、携帯電話がメールの着信をつげた。

一小路からだ。

——さっきはすまなかった。あんなことを言うつもりはなかった。許してほしい。

メールの文面は謝罪から始まっていた。感情的になって、航平に当たってしまったことを、一小路は心より後悔していた。頭を冷やして冷静になりたいので、今日は俺もこのまま帰るが、近いうちに時間を作ってもう一度じっくり話し合いたいと、締めくくっていた。

航平もすぐに返信を打った。こっちこそ熱くなり、途中で勝手に帰ってしまって悪かったと詫びた。一小路の都合のいいときに、いつでもいいから連絡くれるのを待ってると返した。

携帯電話をしまうと、航平は足下に大きなため息を落とした。ひとまず謝ることができて、少しだけ気持ちが落ち着いた。それでも、やはり後味は悪かった。

高校のときは、一小路と意見を交わすことはあっても、今日のような激しい言い争いなどをしたことはなかった。ふたりとも友人として、どこか遠慮していた節があったからだ。

けれど恋人となった今は、それぞれが抱える不満や期待や悩みなど、本音をぶつけ合うこともときには必要なのかもしれないと、航平はなるべく前向きに考えるようにした。

そうしないと悪いほうへばかり意識が向いてしまい、不安で胸が押しつぶされそうだった。

「……飯、行きたかったな」

我知らず、寂しげな呟《つぶや》きがぼそっともれる。

もし今日ふたりで食事をしていたならば、そのあとは間違いなく一小路の部屋に泊っていただろう。本当は航平だって満更でもなかったりする。自慢にはならないけれど、最近は下着にも気を配っている。今日は新調したばかりのボクサーパンツをはいてきたのだ。

一小路とまではいわないが、航平だってそれなりにエロい。性欲のある男なのだ。

(――バカだな……)

いったい自分はなにを考えているのかと呆れた。もっと大事なことを考えなければいけないはずなのに――。今すぐ一小路とキスして、抱き合いたいという欲求にかられている。

(恋愛におぼれるってこういうことなのか……？)

男の嫉妬は見苦しいと言っていた一小路が、今ではなにもかも理解したような口ぶりで、やるせなさそうに本心を吐き出していた。見ているだけで胸が痛かった。

航平は男同士の恋愛がどういうものなのか、まだよくわからないが、今なによりも一番強く思うのは、誰よりも一小路を好きだということだ。それだけではだめなのだろうか。

(好き合っていても、うまくいかないときがあるんだな……)

顔を上げて体育館を振り返ると、もう夕日は見えなくなっていた。

自分の中で少しずつ、でも確実になにかが変わっていくのを、航平は感じていた。

＊＊＊

「――えっ、今なんて……言ったんだ」

昼休みにビルの外の非常階段に呼び出された航平《こうへい》は、篠原《しのはら》の予想外の話に衝撃をうけた。

「だから、あの……俺、見ちゃったんです。昨日、体育館の駐車場で立花《たちばな》さんが――」

篠原は航平に謝ろうとして、あのあと追いかけてきたらしい。そうしたら駐車場でふたりがなにやら怪しげな雰囲気で立っていたので、遠くから眺めていたようだ。

そのとき、一小路《いちこうじ》が無理やり航平に迫り、キスをしていたように見えた、というのだ。

「そ、それは……」

航平は取り乱していた。よりによって篠原に見られていたとは――。

「俺もびっくりして、すぐにその場を離れたんですけど。あれが本当にそうだったのか、そう見えただけなのか、あとになったらわからなくなって……」

確認したくてわざわざ航平を呼び出すなんて、首を突っ込みたがるのにもほどがある。

「だから、はっきり訊《き》きたいんです。一小路さんとキスしてたんですか？」

興味本位で知りたいにしては、篠原は真剣な顔つきをしていて、航平は戸惑った。

「いや、あれはふざけてただけで……」

とっさにごまかそうとしたのも、篠原の迫力に気圧《けお》されたのが大きい。昨晩、眠れないまま考えた末にある決意が固まりつつあるのだが、この流れで打ち明けるのは不本意だった。

「ふざけてた？　それじゃあ、本気のキスとは違うんですね。本当に？」

どことなく詰問口調で身を乗り出されて、航平は顔をしかめた。

見られていたと知ったすぐは動揺を隠しきれなかったが、だいたいどうして篠原に責められなければならないのか、という不満がわき上がってくる。

「それを知ってどうしたいんだ？　おまえには関係ないことだろう」

すると篠原は急に眉尻《まゆじり》を下げて、「そ、そうだけど……」と情けない顔になる。

「実は前からふたりの関係が個人的に気になってて――」

言いにくそうに続けながらも、まだ引き下がれないという、すがるような目をしていた。

「関係ないかもしれないですが……、でも、やっぱり関係ある気がするんです！」

「なに？」

非常階段の踊り場で、手すりをぎゅっとつかんだ篠原は、意を決したように航平を見た。

「もし、一小路さんが立花さんをそういう意味で好きで、無理強いして迫ってるとか。弱みを握られて仕方なくとかなら、俺は立花さんの力になりたいし、助けたいんです！」

裏のないまっすぐな瞳でそう言い切られて、航平はふっと肩の力が抜けた。

「おまえ……俺を心配してくれてるのか」

「心配しちゃいけませんか」

どうりでかと合点がいった。たしかに昨日のキスは無理やりだったから、事情を知らない者が見れば気になるかもしれない。篠原は航平の身を案じてくれているようだ。

航平は表情をやわらげて、大丈夫だよ、と笑いかけた。

「篠原が心配するようなことはない。ちょっとしたハプニングみたいなもんだから」

「本当ですか。立花さん、俺になにも隠してないですよね」

疑わしげな顔で念を押されてドキリとした。

「俺、昨日の件ではじめてわかったんです。自分の気持ちが――」

「気持ち？」

「俺、立花さんが好きです。先輩として尊敬してます。きついことを言いながらも、甘やかしてくれるのがすごく嬉《うれ》しくて……。立花さんにとっても俺は、たぶん特別な後輩なんだって思い上がってました」

前からよく聞かされていた軽いのりの賛美が、今日はずっしりと重くのしかかってきた。

「だから昨日、ふたりがキスしているのを見たとき、すごくショックで。そのあとわけのわからないあせりが出てきて……。一小路さんは俺にとってライバルなのかもって」

「篠原……」

　話がどんどん込み入った内容になってきて、困惑せずにはいられない。

「そしたら、立花さんを独り占めしたい気持ちがどんどん強くなって……。この気持ちってなんだろうと考えたら、俺は特別な意味で立花さんが好きなんだとわかったんです」

　篠原のいう『特別な意味』が、先輩に対しての憧れとは違うものであると、容易に想像できた。一小路に釘を刺されてはいたが、まさか本当にそうだとは信じがたい話だった。

「おまえはさ――」

　言いかけてやめると、言葉を選ぼうとするが、思いきってストレートに尋ねた。

「俺とセックスしたいと思ってんのか？」

「えっ！」

　篠原は目をむいて大げさに驚いた。考えてもいなかったことなのかもしれない。けれどそのあとすぐ、困ったような恥ずかしいような態度で、視線をあちこちにさまよわせた。

「いえ、えと、それは……」

「おまえが言ってる『特別』は、そういう好きじゃないのかよ？　違うのか」

　篠原は覚悟を決めたように顔を引きしめると、「立花さんとならやれます」と続けた。

「俺、尻を差し出してもかまいません！」

「……」

一瞬、言葉を失った航平は、おい、そっちかよ、と引きぎみに口の中だけでもらした。

「――そうか、そこまで想ってくれるのは嬉しいけどな。残念ながら俺はおまえの尻にまったく興味がないし、勃《た》たないから無理だと思うぞ。気持ちだけ受け取っておくよ」

篠原はみるみる表情を曇らせてしょんぼりした。

「……そうですか。俺の尻ではだめですか」

「それよりも、おまえ本当は俺とセックスなんてできないだろ。冷静になって考えてみろよ。今まで普通に彼女いたじゃねえか。なんで急に俺なんだ。思い違いなんじゃないのか」

「俺にだってわかりません……。でも、立花さんが気になって気になって仕方がないんです。立花さんのことを考えると、胸の奥が熱くなって――おかしな気分になるんです」

その重苦しい熱は航平にも覚えがあるので、頭ごなしに否定はできなかった。

「だから、この気持ちがなんなのか知るためにも、一度でいいからキスさせてください！」

勢いよく顔を上げた篠原が突然に迫ってきて、航平は面食らってあとずさった。

「な、なに言ってやがる……ふざけんなっ」

「一小路さんとだってふざけてキスしたじゃないですか。一小路さんはよくて、なぜ俺はだめなんですか。俺だって立花さんのこと好きなのに！」

両肩をがしっとつかまれて、壁に背中を押しつけられた。篠原のほうが小柄で背も十センチは低いのに、同じ男だけあっていざとなったら腕力は互角だった。

「お願いします！　キスしたら、もっとなにかわかりそうな気がするんです」

「離せ！　おまえは子供じみた独占欲を押しつけてるだけだ」

口を尖らせて接近する篠原の顎《あご》を手で封じ、突っ張り棒のように腕を伸ばしてガードする。

「やめろ、近づくんじゃねえぇぇ」

「うぐぐっ」

ふたりとも必死の形相だったが、周りから見たら滑稽《こっけい》な攻守にしか見えないだろう。

航平にとっては飼い犬に手をかまれるようなものだ。今まで忠犬のようだった篠原が、なにをとち狂ったのかキスを迫ってくるなんて考えられない。わけがわからなくて腹が立った。

それに、こんなところで篠原にキスを奪われてしまっては、一小路に合わせる顔がない。

「いい加減にしろ！」

手加減せずに篠原を突き飛ばすと、そのまま勢い余って階段の踊り場で尻餅《しりもち》をついた。

「篠原、おまえここをどこだと思ってるんだ。いくら休み時間でも職場だぞ。そんなことするために俺をわざわざ呼びつけたのか。冷静になってよく考えろ！」

容赦なく叱《しか》り飛ばされて、篠原はようやく我に返ったようだ。息をのんで航平を見上げると、青ざめた顔で口をもごもごさせている。謝罪の言葉さえなかなか出てこないようだ。

「……すみません」

蚊の鳴くようなか細い声。篠原はしゃがみ込んだままうなだれる。

「もういいから、今日のことは忘れてやる。けど、おまえがもし、本気で俺を好きだというのなら、残念だけど諦《あきら》めてくれ。俺には——ほかに好きなやつがいるから」

その途端、篠原ははっと顔を上げて航平を見た。驚いてはいたが、その一言で納得がいったような表情になり、気が抜けたような笑みを口許ににじませた。

「俺は——ふられたってことですね。その相手って、やっぱりあの人ですか」

立ち上がった篠原は、怖いぐらい真剣な目で航平をとらえた。もうこれ以上はあざむけないと、航平は観念した。昨晩から考え迷って出した決断を、確固たるものとする。

「今ここでは言えないが、近いうちに必ずおまえに全部話すよ。もう少しだけ待ってくれ」

「わかりました」

「……もう、仕事に戻ろう。おまえのせいで昼飯食いっぱぐれた。今度、なんかおごれよな」

航平が横を通り過ぎながら肩を叩《たた》くと、篠原はぱっと顔を輝かせた。

「はい！」

「さきに行くからな」

非常口の扉から中に入り廊下を歩く。今になって手が小刻みに震えているのに気づいた。

まさか、あの篠原が力任せに襲いかかってくるとは——。身の危険を感じるほどではなかったけれど、今まで見たこともない篠原の『男』の顔に、航平は混乱した。

いつから自分をそんな目で見ていたのか。いや、やはり恋愛感情とは違うんじゃないかと、思えた。一小路とのキスを目撃して、勢いづいてしまっただけではないか。

篠原は軽そうに見えて、負けず嫌いで意地になるところがある。一小路に道場で注意されたことで、妙なライバル心が芽生えてしまったのかもしれない。

けれど、いらぬ期待感を与えてしまった自分も悪いと、過去を振り返る。二年ぶりに新卒採用でとった篠原を、かわいがっていたのは所長だけではなく、教育係の航平が社内では誰よりも目をかけていた。会社を辞めたいと言い出したときも、熱心に引き止めた。

それでも、航平の気持ちの中にあったのは、会社への責任と親心みたいなもので、篠原とは友達になれたとしても、恋愛対象には絶対にならない。セックスなんてもってのほかだ。

（なんでこのタイミングで……。考えることがありすぎて頭がパンクしそうだ）

ひとつがうまくいかないと、連鎖的にほかのこともうまくいかなくなるものだろうか。

前に一小路が、篠原はおまえに気があるんじゃないのかと言ったけれど、そのときは笑いながら受け流してしまった。なんて浅はかだったのかと、自己嫌悪で押しつぶされそうだ。

やはり一小路は、航平に対する篠原の下心を見抜いていたからこそ、彼に対して好意的にはなれず、嫉妬心まで募らせてしまったのだ。

一小路の気持ちをおもんぱかると、やりきれなさで胸が張り裂けそうだった。

危機感がなさすぎる、無防備な態度はとるな、と忠告されたにもかかわらず、こんな事態をまねいてしまったのは自分に大きな非があるからだ。悔やんでも悔やみきれない。

航平はうつむき加減で廊下を歩きながら、胸中で何度も繰り返した。

——今すぐ一小路に会いたい。

＊＊＊

「おい、篠原のやつなんかあったのか。最近、元気ねえよな」

航平が企画書のコピーをとっていると、岩倉《いわくら》が大きな体をゆさぶりながら近づいてきた。

「あぁ……そうですか？　俺はとくになにも」

「今週入ってから急におとなしいだろう。やたら黙々と仕事してるし気持ち悪いぜ」

「親睦会が近くなってきてるから、無駄口を叩く余裕もなくなったんじゃないんですか」

「だといいんだけどよ」

元柔道部だった岩倉は恰幅《かっぷく》がよく、スーツ姿はまるで親方だ。叩き上げで所長になった岩倉は五十を過ぎており、一番若い篠原は我が子のようなものだった。叱るときは遠慮がないが、ほめるときはほめるし、篠原の様子がいつもと違っていれば心配もする。

切れ者でおおらかな性格から、営業所の社員たちは絶大な信頼を寄せていた。

岩倉は離れたデスクでパソコンに向かっている篠原を盗み見ながら、航平に耳打ちする。

「あいつの口数が減るときは、女にふられたか、金に困ってるかどっちかだ。おまえ、時間があるようなら話でも聞いてやってくれ」

まさか自分のせいだとは言えず、航平は「わかりました」と、その場では返した。

篠原と一悶着《もんちゃく》があって、三日目。

たしかに篠原は元気がない。見るからに落ち込んでいるわけではないのだが、仕事以外のどうでもいい話を自分からしなくなった。今までは笑いをとろうとネタまで探してたのに。

マンションイベントの打ち合わせは、回を重ねて進行しているようだが、互いに個々の担当案件があるので、仕事で直接かかわることも少ない。航平との個人的な会話もほとんどなく、どことなく自分を避けているように思えた。

それも仕方がないのかもしれない。気まずいのは航平も同じで、職場で篠原にどう接するのが一番よいのか、距離の取り方に考えあぐねている。

（まずは一小路と話し合って、それから篠原との関係も修復できるといいけどな……）

昨日、一小路から会って話がしたいと電話があった。前回の埋め合わせがしたいので、もちろん俺のおごりで食事をしようと、いつもの明るい調子で言われて航平は嬉しかった。

今夜は予定があいていたし、航平も一小路に相談したいことがあるからと前置きして、以前食事にいった新宿のバーで待ち合わせることになった。いわゆるゲイバーだが、そのほうが男同士で親密な話をしていても怪しまれない。

ただ、一小路とふたりでいれば問題はないのだが、航平がひとりでバーカウンターに座っていると、ひっきりなしに男からナンパされるので、早く着いたことを後悔した。

「悪い、遅れた。急に仕事の連絡が入って——」

約束の時間より十五分遅れてバーに入ってきた一小路は、航平の両サイドにいる、今まさに口説きにかかろうとしているナンパ男ふたりを、真後ろから鋭い目で睥睨《へいげい》した。

「おまえら、こいつは俺の男なんで、ほかを当たってくれ」

鬼のような形相ですごみをきかせる一小路に、男たちはぎょっとした顔になると、慌てて別のテーブルへと退散していった。それでも離れた席で、こちらの様子を盗み見ている。

「もてるのはいいが、さわられたりしてないだろうな」

航平のとなりに腰かけながら、バーテンダーにジンライムとフィッシュ&チップスを頼む。

航平はグラスビールを飲んでいた。ふたりとも帰りは電車なので、心置きなく酔える。

「それがいやなら、こういう場所を選ぶなよ。俺だって苦手なんだから」

「言っただろ。俺はおまえを見せびらかしたいんだ。立花に群がってる男どもを蹴散らして、おまえのとなりに陣取るのが、最高に気分がいいんじゃないか」

「……悪趣味だなぁ」

呆《あき》れて苦笑すると、一小路はそれをほめ言葉のように受け取ったのか、にやりと笑った。

互いに先日の件を引きずり、ぎくしゃくしないだろうかという危惧《きぐ》もあったが、今のところそういった雰囲気は感じられなかった。航平は少しだけ胸のつかえが取れた。

「一小路は——高校のときから、この街に来てたのか？」

「そうだな、二丁目デビューは高校だな。ゲイだと自覚したのは中学のときだ。まだ金も勇気もなかったが、仲間はほしかった。ここだと楽に息ができる気がしたんだ」

航平は沈黙した。一小路とつき合うようになり、彼のセクシュアリティについて、深く立ち入ったことはなかった。一小路も悩みや泣き言などをもらしたことはなかった。

それでも一小路が恋人である航平を、世界中に自慢したいと言いきれるところまでくるには、口にできないつらさを乗り越えてきたのだろうと想像できた。

「そうか……一小路にとってここがホームグラウンドなら、俺もなじまないとな」

となりにいる一小路に笑顔を向けると、彼も嬉しそうに目を細めた。

「今は立花さえいれば、どこでもパラダイスだよ」

照れもなくそう言う一小路に、航平のほうが赤い顔をしてうつむいた。会話が途切れたのを見計らって、バーテンダーがジンライムをバーカウンターに置く。

ジンライムと残り少ないグラスビールで乾杯すると、一小路は穏やかな口調で続けた。

「健全な輪の中心にいたおまえは、俺にとって手の届かない存在だった。だが、今は違う。こうして俺のとなりにいる。ホームの仲間たちにうらやまれることで、俺はおまえを手に入れてるという安心感があるんだ。そういうつまらない男なんだよ」

一小路は茶化《ちゃか》した様子で片眉を跳ね上げてみせたが、表情のわりに重みのある言葉だった。

「つまらないって……自分でそんなふうに言うなよ」

自虐的になりつつある一小路を励ますと、「頭をなでてくれないのか」とからかわれた。

「こ、ここでか?」

「この店は、そういう場所だ。男同士がキスしようが、誰も文句は言わない」

そうだとしても、ほかの客がたくさん見ている中でいちゃいちゃするのは抵抗がある。

「冗談だよ。今日は甘い言葉を交わすよりも、真面目《まじめ》な話をしにきたんだ」

航平がためらっていると、一小路が気を遣って話題を変えた。

「俺は――中学のときから自分がゲイだという劣等感を持っていたから、世間に認められてるやつらへの憧れが強かったんだ。自分では意識してなかったが、写真をはじめたのも、本当は評価されたいというのがあったのかもしれない」

「……そうなんだ」

一小路が自分のことを話すのは珍しかった。航平は食い入るように彼の横顔を見つめる。

「誰から見ても格好いい、普通に女性ともつき合えるストレートのおまえが、俺を選んでくれたのが、奇跡のようだった……。俺はたぶん、立花のようになりたかったんだろうな。だからこそ絶対におまえを失いたくない。それなのに――」

テーブルの上で組んだ両手に視線を落とすと、一小路は思いつめた顔で黙り込んだ。

自信家で大胆な一小路が、とても弱々しく見える。

「おまえを傷つけてしまって……本当に申し訳なかった。あのとき、俺はどうかしてたんだ。立花の気持ちを信じてないわけじゃない。ただ――」

「もうやめよう。俺だって悪かったんだ。おまえに謝られるとこっちまで――」

つらくなる。祈るようなポーズで許しを乞う一小路は、真摯《しんし》な瞳を航平に向けた。

「いや、聞いてほしい。立花には知ってほしいんだ」

「一小路……」

静かで穏やかな表情でありながらも、ふとした視線のゆらぎに、彼の苦悩が感じられた。

「俺はときどき――自分ばかりが、おまえを好きなんじゃないかと不安になるんだ……。もちろん、立花が俺を好きなのはわかってる。それでも手放しで喜べない。今まで、こんな気持ちになったことは一度もない」

一小路は喉《のど》のかわきを潤すように、一気に残りのジンライムを飲み干した。

「おまえが俺を好きだとわかったとき、俺がすぐに自分もそうだと伝えなかったのは――。俺はどこかで、おまえより優位な立場にいたかったんだよ。惚《ほ》れた弱みを見せたくないというか、立花に惚れられてる自分、というのに酔っていたかったんだな……。ずるい男だろ」

自己否定を続ける一小路は、カウンターの棚をずっと見続けていた。航平と目を合わせようとしないのは、今の情けない自分を見られたくない、という意識があるのかもしれない。

「できるものなら、俺だって余裕ぶっていたかったよ。おまえだけなんだ、こんなふうに不安でたまらなくなるのは……。過去につき合った男や、セフレも何人かいたが、独占欲さえ抱いたことはなかった。俺が本気になった男は立花だけなんだ」

熱く胸の内を明かす一小路だったが、航平は『セフレ』という一言に心臓が跳ね上がった。彼にも当然ながら、つき合っていた恋人は何人かいただろう。それは航平にとっても同じで、過去をとやかく気にしていたらきりがない。そこは割り切れる。

しかし、一小路に一夜限りのセックスフレンドがいて、いろんな男と性欲処理が目的で体を重ねていたのかと想像すると、ひどく気分が悪かった。その男たちに対して腹が立ったのだ。

(――どうしてこんなに苛々《いらいら》するんだろう)

胸焼けでもしたかのように、腹の底から不快感が込み上げるのを、ビールを飲んで抑えつける。一小路が二杯目のジンライムをオーダーするのに合わせて、航平はウイスキーの水割りを頼んだ。なんとなく強い酒が飲みたかった。

「まさか、自分がこんなに独占欲が強くて、もろい男だとは思ってもいなかったよ……」

自分に嫌気がさしたような、もどかしい顔で言いながら煙草《たばこ》に火をつけようとするが、逡巡《しゅんじゅん》してやめた。そのまま煙草を灰皿に置いて、オイルライターを片手でもてあそぶ。

「禁煙しようと思ったんだが、そう簡単にはいかないな」

「煙草、やめたいのか?」

「おまえは吸わないだろ。煙草の煙が好きなやつなんていないしな」

自分のために、禁煙まで考えてくれているとは知らなかった。

「嫉妬心も同じだ。よくない、やめようと頭ではわかっているのに、そう簡単にはいかない」

ライターの蓋《ふた》を閉じたり開けたりしながら、もの悲しそうに薄い笑みを口角に浮かべる。

嫉妬深い一小路もそれはありのまま彼で、我慢する必要はないと航平は思えたが、自分からそう口にするのはうぬぼれているようでできなかった。

「おまえが篠原くんに気持ちが動かないのはわかっているし、俺は立花を信じているから、俺たちの関係がどうこうなるとは思っていないんだ。ただ——、信用はしていても、好きな男を誰にもさわられたくない、という心理は別ものだから困る」

一小路はロックグラスを両手でもって、独白のように続けた。カランカランと氷が心地よい音を立て、神秘的なグリーンの液体がゆらゆらとゆれる。

「おまえを手に入れて安心するどころか、失うことへの不安ばかりがたまっていく……」

「それは俺だって同じだよ。一小路だけじゃない」

だから、そんな心もとない顔をしないでくれ、と心の中で祈るような気持ちだった。

「立花が俺を好きになってくれて、ようやく自分に自信が持てたのに、焼きもちごときで我を忘れる今の自分が嫌いで仕方がないんだ。まったく、恥ずかしいよ……」

苦しそうにしぼり出すと、両手で髪の毛をかきむしるように頭を抱えた。

過去に一度も弱音を吐いたり、頼りない姿を見せなかった一小路が、ここまで弱さをさらけだすとは――。見ているだけで胸がキリキリと痛んで、航平はなにも言えなかった。

「だけど、俺もいつまでも情けない男ではいたくない。だから決めたよ」

頭を起こした一小路は、憑《つ》きものが落ちたような顔で、航平を見つめた。

「これは俺自身の問題だから、自分でなんとかするしかない。この面倒くさい感情と正面からぶつかって乗り越えたい。だから、もう少しだけ時間をくれないか。頼む」

迷いのない力強い目。航平は「わかった」と深くうなずいたものの、自分のせいで悩んでいるのに、力になれないのが歯がゆかった。

「それで、立花の相談したいことってなんだ」

「実は――」

航平は潔く切り出した。

先日の駐車場でのキスを、運悪く篠原に見られてしまっていたのだと――。不審がった篠原に後日問いつめられたが、航平は真実を告げられなかった。しかし真剣に悩み考えた末に、篠原にふたりの関係を全部話すことに決めたと打ち明けた。

ただ、篠原に告白されてキスを迫られたとは、さすがに話せなかった。それでなくても一小路は篠原を敵対視しているのに、言ったところで余計に彼の不安や苛立ちをあおるだけだ。これ以上、一小路にいやな思いをさせたくはなかった。

「――おまえ、本当にカミングアウトするつもりなのか？」

話を聞き終えた一小路は、少し驚いた様子だったが、航平の気持ちは固まっていた。

「ああ、頃合いを見て篠原に話すよ。その前におまえの了解もほしいから」

前に一小路に、ふたりの関係を隠したいんじゃないのか、と問われたときには、彼の期待にそうような返事ができなかった。だからこそ、今夜は自分の気持ちをきちんと伝えて理解してほしかったし、なにより一小路を早く安心させてやりたかったのだ。

「なるほど、それがおまえの相談か。よくわかった。ずいぶん悩んで決めたんだろうから、俺がとやかく言う権利はないのかもしれないが、気になることがある」

「なんだ？」

「俺があの日、『おまえは違うんだな』と、非難するようなことを言っただろ。それで俺に気を遣ってるんなら賛成できない。さっきも言ったように、あれは俺の我がままだ」

「違う、気を遣ってるとか、そんなんじゃないよ……。いつまでも黙っていられないし、俺も今はそうするのが一番いいと思うんだ。それに、おまえの意見を尊重したいから」

「だったらなおさらだ。俺だって立花の意見を尊重したい」

予想外の反応に返事に窮した。てっきり、こころよく同意してくれると思っていたのだ。

「俺は——宝物はみんなに見せびらかしたいタイプだが、でも、おまえは逆だよな？　大切なものだからこそ、大事にしまっておきたい。隠したいのはそういう意味だったんだろ？」

航平は瞠目《どうもく》した。自分でもうまく説明できなかったのに、一小路はわかってくれていた。

そうだ。一小路がもし宝物の玩具《おもちゃ》だとしたら、誰かに奪われないためにも、宝箱に入れて鍵をかけておきたい。そして、自分ひとりだけのときに、こっそり蓋を開けて楽しむ。

どちらかといえば、ちょっと暗くていやらしい性格だ。一小路がオープンで前向きな恋愛観をもっているからこそ、ケチ臭く感じられるのではと、ばつが悪かったのだ。

「……そうだな、俺はたぶん気持ちにゆとりがないんだろうな。本音を言えば、おまえのように積極的に公表したいとは思わない。人前でべたべたするのも苦手だ」

「どうして？　恋人同士なんだから見せつけてやればいいだろ」

納得がいかない様子の一小路は両肩をすくめてみせる。

「いや、だから……こ、恋人同士だからじゃないか！　友達としてふざけて抱き合うのならともかく——そうじゃないだろ。だから……、は……恥ずかしいんだよ……」

「恥ずかしいのか？」

あらたまって念押しされると、穴があったら入りたい気分だった。鼓動が速まり、頰が熱くなってくる。航平は赤い顔をうつむけると、視線をあちこちにさまよわせた。

「おまえとふたりきりでいても、緊張するときがあるのに……。人前で手をつなぐとか、いちゃいちゃするとか絶対無理だ。想像しただけで……死にそうになる」

一小路はしばらく無言で目をしばたたくと、残念そうな声音で告げた。

「そうか……そんなにいやなのか。でも、それは知り合いに見られるのがみっともないってことだろ？　ここなら安全だし、赤の他人の前で甘えるぐらいいいじゃないか」

「赤の他人だろうが同じだよ。みっともないというか――自意識過剰だとはわかってるけど、俺がどれだけおまえに夢中になってるか、周囲に悟られるのが恥ずかしいんだ」

「ほう」

鳩の鳴き声のような茶々を入れる一小路は、なんだかとても嬉しそうだ。

「だったら、篠原くんに俺たちの関係を話したとしても、のろけ話なんてできないな」

「そ――そんなの当然だ！　それでなくても篠原には前に、『リア充っぽい』なんて冷やかされてるのに、一小路とつき合ってるおかげで毎日が幸せだ、なんて言えるはずないだろっ」

半ばやけくそになってかみつくと、その迫力に一小路は目を丸くした。

「俺なら、『うらやましいだろ～』って自慢するがな」

「おまえ、いやなやつだな」

「というか、俺のおかげでって……そんなふうに思ってくれてたのか」

鼻の下を伸ばしきった、にやにやした顔で突っ込まれると、さらに羞恥心《しゅうちしん》が強まる。

「だ、だから、そうやって一小路がいつも余裕ぶってるから、こっちは余計に悔しいんだ」

「待て、俺がどれだけいっぱいいっぱいか、さっき存分に話しただろ」

急に真面目な顔で反論されて、航平も「あっ……」と気がついた。

「そうか、そうだよな……」

彼も決して余裕があったわけではなかった。自身の感情を持てあまし、ジレンマを感じていた。互いに胸に抱えた葛藤は違うにしても、パートナーを好きだからこその悩みだったのだ。

「それにしても、立花がそこまで恥ずかしがり屋というか、シャイだとは知らなかった。まっ、言われてみると思い当たる節はあるが、硬派なだけかと思ってたよ」

「……」

吹っ切れたような明るい笑顔を見せられると、またしても動悸《どうき》がして顔をそむけた。胸の奥から甘酸っぱい感情が高まってきて、決まりの悪さをごまかそうとして水割りを飲んだ。

「でも、話してくれてよかった。つまり立花は――俺が好きすぎて恥ずかしいと？」

「そうは言ってねえ！」

速攻で切り返すと、一小路は愉快そうに笑った。

「と――とにかく、一小路がカミングアウトを賛成しないにしても、やっぱり俺は篠原に言うよ。もう決めたから。俺たちだけじゃなく、篠原のためにも――」

航平はすっと目を伏せた。篠原がどこまで本気なのかわからないが、彼の真剣さに応えるためにも真実を伝えて、気持ちを終わらせてやるほうが、篠原のためにもなると考えた。

「もしかして……彼となにかあったのか？」

ひどく重みのある低い声で尋ねられて、航平は慌てて一小路を見た。探りを入れるような目でしばらく航平の様子をうかがっていたが、なにかを察したようでふっと息を吐く。

「あったんだな」

断定口調で言われては、もう否定できなかった。航平は黙って顔をそむけた。

「全部話してくれ。受け止める覚悟はできてる。気を遣って隠されてるほうがつらい」

一瞬ためらったが、思いのほか一小路が落ち着いてかまえていたので、航平は踏みきった。

篠原に問いつめられたときに、好きだと言われて迫られた。けれどそこは断固として突っぱねて、俺には好きな人がいるからと、はっきり断った。そう説明した。

「まあ、そういう流れだろうとは思ったよ」

煙草のボックスから一本抜いて口にくわえると、一小路は目をぎらつかせてぼやいた。

「――くっそ、あのガキ」

火がついてない煙草のフィルターを無意識にかみつぶしている。

「あっ、すまない、またやった……」

衝動的に怒りをあらわにした一小路は、体裁が悪そうに鼻の頭にしわを寄せた。自身の気持ちと折り合いをつけようとしている一小路を見ていると、胸の奥が締めつけられた。

「前におまえが言ったとおり、俺に隙《すき》があったんだ。反省してる。だからこそ俺は――篠原にきちんと自分の思いを伝えて、一小路以外は考えられないからと話すつもりだ」

「……わかった」

それっきり一小路は黙り込んでしまい、なんとなく微妙な空気になってしまった。やはり、話さなければよかったかと後悔していると、一小路がふいに切り出した。

「それはそうと、これから仕事が立て込んでくるので、しばらく連絡できないかもしれない」

「えっ、そうなのか」

唐突に仕事の話題を持ち出されて、航平は戸惑った。今夜こそ一晩中ふたりで過ごせるかと思っていたのに、明朝の飛行機が早いので残念ながら、ゆっくりできないらしい。

一小路の話だと、以前から契約していたストックフォト会社と旅行会社が提携して、新しい事業を立ち上げたらしい。写真愛好家を募った海外撮影ツアーだ。プロのカメラマンが講師として同行するのだが、そのフォトインストラクターとして一小路に声がかかったようだ。

「出発する前に、どうしてもおまえと話をしておきたかったんだ。本当は俺もこのまま立花をお持ち帰りしたいところだが、今夜は徹夜で準備をしないといけなくてな……」

なんだか取ってつけたような言い訳に聞こえて、一気に気持ちが沈んだが表情には出さなかった。航平は、気をつけて行ってこいな、と無理やりに笑顔を作った。

それでも一小路は、そうとう未練があるようで、「でも、ラブホで一時間ぐらいで終わらせば……」と、仕事と性欲の狭間で心をゆらせながら、考え込んでいる。

諦めの悪い男に航平は呆れつつも、内心では嬉しかった。

「やっつけ仕事で寝るなんて俺はいやだからな。それに、おまえがそんな短い時間で満足するわけないだろ。どうせずるずる延長になって、翌日に支障が出るに違いない」

「鋭いな。俺もまったく同感だ」

得意げに言い切られて、思わずふき出しそうになった。

「だけど、海外の撮影ツアーに呼ばれるなんて、たいしたもんじゃないか」

ストックフォト会社には、一小路が撮った写真を買い取ってもらっているのだが、その社長がえらく一小路の写真を気に入ってくれているようだ。写真家としての腕も高く評価してくれていて、今回のツアーで講師として同行しながら、個人的にライセンス販売する写真も撮影してかまわない、という許可が出ていた。

「それもラッキーだな」

「まあ、ブツ撮りよりは、内容もギャラもいい仕事だしな。しばらくおまえとは会えなくなるが……、頭を冷やすのにちょうどいい機会なのかもしれない」

ちょうどいい、という言葉が妙に心の奥に引っかかって、航平は考え込んだ。もしかしたら一小路にとっては、自分と距離を置くのにちょうどいい仕事だったのかもしれない。

しばらくとはいつまでなのか。撮影ツアーは二週間程らしいが、戻ったらすぐに連絡をくれるのか。彼が、少し時間をくれないか、と言ったのはこういう意味だったのか。

（――こんなときになに考えてんだ。一小路に失礼だろ……）

やりがいのある仕事に向かって、一小路を気持ちよく送り出すためにも、明るくふるまっていた航平だが、内心では穿《うが》った見方をしてしまう自分が腹立たしかった。

「じゃあ、また必ず連絡するよ」

バーを出てから最寄り駅の改札口で、一小路は笑顔でそう言った。明日からの海外撮影旅行で、気持ちが高ぶっているのかもしれない。彼がこの仕事に力を注いでいるのは、話をしていても感じられた。

航平も心の底から応援したかった。彼の写真が大手の出版社や通信社で使われてクレジットが入れば、さらに注目されて依頼も増えるだろう。ぜひ、がんばってくれと、別れ際に握手を交わしたら、「キスのほうがいいのに」とがっかりされた。

帰りの電車は同じでも方向が逆なので、線路を挟んでホームに立った。正面にいる一小路は航平を見ているだけで、なんのアクションもない。大声で愛を叫ばれても困るのだが、いつもの一小路なら無言のジェスチャーでなにかしらサインを送ってきただろう。

彼も少しは名残惜しく感じてくれているのだろうか。今の心理状態が影響してか、電車の線路がふたりを隔てる、深い溝のように思える。日本と外国とで離ればなれになり、しばらく会えないという事実が今になって、航平の胸に重くのしかかってきた。

互いに気持ちのすれ違いが続き、ようやくまた距離が近づいたかと思えたところで、会えなくなるのはとても寂しかった。明日だって本当は空港に見送りに行きたかったが、これが今生《こんじょう》の別れでもあるまいし、なにより航平にも仕事がある。

向かいのホームで電車を待つ一小路は、どことなくせつなそうな顔をしていた。急にわけのわからない心細さがわき上がり、孤独感に見舞われる。胸が苦しくてうまく息ができない。

（最後に俺からキスすればよかった……）

これからしばらく会えないのに、一小路はおやすみのキスもしてくれなかった。彼なりのけじめなのかもしれないが、あの性欲魔人の男がキスもしないなんて、それだけ真剣にふたりの今後の関係を見直そうとしているのだろうか。

――本当はまだ帰りたくない。一小路と離れたくない。またって、いつなんだ。

今夜は数えきれないほどのキスをして、裸で抱き合いたかった。

一小路が過去に体を重ねたどんな男よりも、おまえが一番好きだよと笑って言ってほしい。

彼の口からもう二度と、『セフレ』なんて言葉は聞きたくない。

（嫉妬《しっと》深いのは俺じゃないか……。サイテーだな）

色ぼけしようが、恋愛におぼれていようが、もうなんだっていい。

とにかく悲しいほどに一小路が好きなんだ。

＊＊＊

桜前線が北上して、東京《とうきょう》も三月下旬には開花発表が出された。全国的に春の訪れが遅くなると予想されていたものの、桜の開花は平年並みで、気温も高めの日が多くなっている。

この会社に入社して、ちょうど五年目となる春。航平も新たに気持ちを引きしめて、今まで以上に仕事に取り組む姿勢ではあったが、なにかが足りないと感じていた。

もちろんそれは一小路の存在だ。無事にヨーロッパに着いたというメールは届いたが、撮影ツアーはかなりのハードスケジュールらしく、途中ではほとんどメールも電話もなかった。仕事の邪魔をするのも悪いので、航平からは一度も連絡しなかった。

東京の桜が満開になるころに、日本に帰国したという電話があったが、まだ仕事が忙しいようで、会えるような様子ではなかった。一緒に花見をしたかったが、今年は無理だろう。

今まで多ければ週に一回は会っていたし、忙しいときは電話で近況を話し合っていた。それが電話もメールも途絶えてしまい、心の奥にぽっかり穴が空いたかのようだった。

自分から積極的に連絡を入れられないのは、しつこくして一小路にうとまれたくない、という懸念があったからだ。篠原の件では後ろめたさもあり、航平には待つしかできなかった。

けれど三週間も会ってないと、ふたりの関係はこのまま自然消滅してしまうのではないか、などといらぬ心配もわいてくる。考えれば考えるほど暗くなるので、なるべく余計なことは考えないようにして、目先の仕事に集中した。

（あいつも仕事をがんばってるんだから、俺もがんばらなきゃな……）

新年度となり、今年は新入社員が営業所には入らなかったが、本社では何人か採用したらしい。篠原は後輩ができずに残念がっていた。それでも、はじめて担当したイベント『親睦会』

をなんとか無事に終わらせて、少しずつ自信をつけてきたようだ。

篠原は『親睦会』の当日はサポート役だった。レンタルのテント設営や宴席の準備、会がはじまれば酒類を補充したりなど、滞りなく進行するように走り回る。つまりは雑用係だ。

撮影担当の一小路とは、当日も簡単に挨拶《あいさつ》を交わしたようだが、彼の様子がどうだったかは詳しくは聞かなかった。篠原も話しづらいようだった。

一小路との関係を篠原に打ち明けようと決めたものの、航平自身がいまいち調子が上がらず情緒不安定なので、まだ話せないでいる。篠原も航平の不調をどことなく察しているようで、その件についてはふれてこなかった。

そして四月も半ばを過ぎたころ、珍しく定時に仕事を終わらせて自宅に着くと、ちょうど篠原からメールの着信があった。打ち合わせから直帰するところで、航平のマンションの近くにいるから、差し入れをもって寄ってもいいかという内容だった。

酒を飲む気分でもなく、返信に迷っていたら、続けてメールが届いた。

――最近、立花さん元気ないですよね。好きな人となにかあったんですか？　立花さんが話してくれるのをずっと待ってましたが、気になってこれ以上、待てそうにありません。

篠原は心配してくれているのだ。酒やつまみを口実に、話を聞き出すつもりなのだろう。

メールを眺めているうちに、『待てそうにない』という一文が深く胸に突き刺さってきた。篠原でさえ自ら行動しているのに、どうして自分はなにもせずにおとなしくしているのか。

航平だって待てそうにない。もうすぐひと月だ。こんなにも一小路に会いたいのに——。

(俺はなんで意地を張ってるんだ……?)

このままじっとしていてはいけない、という強い衝動にかられた。たとえ一小路に愛想を尽かされていたとしても、今こそ本音でぶつからなければ、なによりまた自分が後悔する。

航平はいても立ってもいられず、とるものもとりあえず玄関を出た。

——悪いけど、今から出かけるので次の機会にしてほしい。

エレベーターの基内から篠原に返信メールを送り、はやる気持ちを抑えながら、マンションのエントランスを出ると、電柱灯の下にスーツ姿の男が立っていた。

片手にコンビニの買い物袋をぶら下げて、携帯電話の画面をのぞき込んでいる。

「——篠原? おまえ、そこでなにやってんだ」

顔を上げた男はやはり篠原で、ばつが悪そうにして、立花さん、と駆け寄ってきた。

「すみません。実はもうマンションに着いてから、メールしたんです。迷惑かと思ったんですが、どうしても話がしたくて。出かけるって、急用ですか? その靴——」

篠原に指を差されて足下を見ると、右足はサンダルで、左足は室内スリッパのままだった。

「……」

あせったあまり、確認しないまま飛び出してしまったのだ。情けなさすぎて、一小路に会いたいという衝動が、途中でポキリと折れてしまった。航平はその場にしゃがみ込んだ。

「……まいったな」

「一小路さんとなにがあったんですか？」

疑う余地なくそう訊かれて、ゆっくり顔を上げると、篠原も同じように身を屈《かが》めた。

「立花さんの好きな人って——一小路さんですよね」

同じ目線で怯《ひる》むことなく見つめられる。外灯の光が篠原の顔に濃い陰影をつけていた。後輩にしか思えていなかった篠原が、今は対等の男として頼もしさを感じるほどだった。

「そうだよな、やっぱばれてるよな」

気がついていながらも、それでも航平から話すのを待とうとしてくれたのが嬉しかった。

「俺は……一小路とつき合ってるんだ。男同士だけど、真剣にあいつが好きなんだ。あの日のキスもふざけてたんじゃなくて、正真正銘、本気のキスだよ」

「たぶん、そうだろうと思ってました。でも、立花さんガード固いし、今までなんでも話してくれたのに、隠そうとしてたのが寂しかったんです。俺は信用されてないのかなって……」

慎重にはなっていたが、篠原に不信感を持っていたわけではなかった。それでも、彼女ができるたびに報告してきた篠原からすれば、航平の態度をじれったく思っても仕方がない。

「……うん、悪かった」

素直に謝ると、篠原は少なからずすっきりした顔で立ち上がった。

「あの、一小路さんとはキスだけじゃなく……それ以上のこともしてるんですか？」

好奇心と疑いの目で言及してくる。幻滅もあったのかもしれないが、航平は胸を張って、

「ああ、抱かれるのは俺のほうだけどな」

笑顔でそう続けると、さすがに驚いたのか、篠原は目を白黒させた。

「た、立花さんが……？　全然想像できないです」

「べつにさ、そういう役割はどっちだっていいんだよ。俺は——一小路と一緒にいられれば」

花壇の植え込みブロックに腰かけると、篠原は少し離れた位置で同じように座った。買い物袋の中から缶ビールを取り出すと、よかったらどうぞ、と思いきり手を伸ばしてくる。

「サンキュー。でも最近、うまくいってなくてな」

プルタブを開けて缶ビールを飲みながら、航平はぽつぽつと語った。

高校のときから一小路が好きだった。十年後に再会して両想いになれたけど、今はささいなことで気持ちのすれ違いが多く、もうひと月も会っていないのだと。

一小路が篠原に嫉妬していることは口にしなかったが、「俺も関係なくはないですよね」と、恐縮した態度でこぼすので、篠原も多少の事情は飲み込めているようだ。

「そうだ、カキピーもあるので食べてください。ビールもたくさん買ってきましたから」

篠原も缶ビールを飲みながら、航平のそばにつまみ類を置いて、また少し距離をあけた。

「さっきからなんでそんなに離れてるんだ？　もっとこっちに寄ったほうが取りやすいだろ」

「そ、それはだめです！　一小路さんと約束したから」

「なにを？」

「立花さんには近づかないって。じゃないと俺、一小路さんに――」

なにを思い出したのかは知らないが、篠原は怯《おび》えたような目で遠くを見つめている。

「あいつになにか言われたのか？」

新しい缶ビールを開けながら尋ねると、篠原は少しのあいだ逡巡したものの口を開いた。

『親睦会』の当日、ちょっとしたアクシデントがあったようだ。手配していた機材を積んだ車が事故に巻き込まれてしまい、会場まで来られなくなってしまった。

事故そのものはたいしたことはなかったようだが、子供たちが楽しみにしていた、綿菓子やポップコーンや射的などの屋台がそろわなくなってしまったのだ。篠原はどうしていいかわからず、とりあえず組合長に事情を話して頭を下げるしかなかった。

けれど一小路が急遽《きゅうきょ》、知り合いのレンタル会社に連絡をとり、かわりになるような模擬店用品を集めてくれたようだ。てきぱき指示まで出してくれたと、申し訳なさそうに説明した。

「本来なら俺が対処しなきゃいけないのに――。関係のない一小路さんにフォローまでしてもらって、なんか俺、なんの役にも立ってないなぁってかなりへコみました」

会社に提出する報告書には詳細を記入したが、航平には情けなくて話せなかったようだ。

「そうだったのか……」

「でも一小路さんは、俺のためとかじゃなく、イベントを楽しみにしている、子供たちのためだからと言ったんです。子供が笑えば大人も笑顔になるし、いい写真が撮れるからって」

一小路らしいなと、胸の奥が熱くなった。篠原にはそんなふうに言いながらも、航平たちが一番屋台に力を入れているのを知っていたからこそ、協力してくれたに違いない。

「もちろんお礼はちゃんと言ったんですが、礼なんていいから、そのかわり――」

親睦会が終わったら、話があるからつき合ってほしい、と一小路に言われたようだ。

彼の車に乗った途端、一小路の顔から笑顔が消えて、ただならぬ雰囲気になった。今からはビジネストークではなく、互いに腹を割って話そう、ということなのだと篠原も察した。

駐車場に停めた車の中で、一小路は篠原に真っ向から宣戦布告したらしい。

――おまえが後輩として立花を慕うのは、百歩譲って大目に見てやろう。だが、まだほんの少しでも下心があるなら、あいつに近づくな。指一本ふれることも許さない。

――もしも、俺のものに勝手にふれることがあったならば、一番恥ずかしいおまえの写真をスクープして社内にばらまいてやる。

怖いぐらいの迫力でそう脅されて、その目力だけで気絶しそうになったと篠原は話す。男らしい啖呵《たんか》に途中までは航平もドキドキして聞いていたが、最後は微妙な気分になった。

「恥ずかしい写真って……なんだよそれ。脅しのネタにもならないだろ」

「なに言ってるんですか！　一番恥ずかしい写真ですよ。絶対だめに決まってるでしょう」

「……」

　酔いが回ってきているのか、篠原はやけにムキになって大きな声を出した。それとも、もしかしたらなにか身に覚えでもあるのかと思ったが、そこはあえてスルーした。

「けど、ほんと、びっくりですよ。あんなに熱い人だとは思ってなかったから……。でも、あそこまでストレートに言ってもらえて、逆に気持ちよかったです。俺の『後輩』としての立場は認めてもらえたわけだし、もうそれ以上は望まないことにしました」

「おまえ――そういうところは潔いよな」

「だって、あの人が立花さんを想う気持ちには、どうやってもかないっこないですよ。俺も諦めがつきました。それに、俺はそこまで立花さんを好きかなぁと考えると、違うかなって」

「違うのかよ！」

　思わず突っ込んでしまったが、徐々におかしくなってきた。

「いえ、もちろん好きだけど、前に立花さんが言ったように、子供じみた独占欲だったのかなあって……。ぶっちゃけ、俺は一小路さんみたいにはなれないです」

「あいつみたいって？」

「あんなふうになりふりかまわず、どんだけ立花さんが好きか他人にぶちまけるのって、勇気がいると思うんです。めちゃ格好いいですよ。それに、俺なんかを本気でライバル視してくれたのが……すごく嬉しかったんです」

　酔っているせいもあるのか、今夜の篠原はとくに饒舌《じょうぜつ》で、興奮しているようだった。不思議と一小路への羨望《せんぼう》さえ感じられた。篠原が言いたいことは航平にも理解できた。へたな小細工をせずに、正々堂々と正面から篠原に気持ちをぶつけることで、一小路は自身の葛藤《かっとう》と折り合いをつけようとしたのだろう。弱くてみっともない自分を周りに知らしめて、受け入れることで、弱い自分を克服していくつもりなのかもしれない。

バーで本心をさらけ出してくれたときもそうだったが、航平は強く心を打たれずにはいられなかった。やはり一小路はもっとも尊敬する友人であり、愛すべき恋人だ。

「——そうか、そんなことがあったのか。あいつ全然連絡してこないから……」

花壇のブロックに座ったまま、航平は道路の向かい側にある小さな公園を見つめた。桜の木が何本か植わっていたが、すでに花びらは全部散って葉桜となっている。

夜八時をすぎると夜風も肌寒く、木々が風にあおられてざわざわとゆれていた。この辺りは住宅街で、マンション前の道路も突き当たりになっているため、人通りは少ない。

去年のクリスマスにはじめて一小路と体を重ねて、正月は互いにばたばたしていたので一緒に初詣には行けなかった。お花見こそは、ふたりで楽しめると思っていたのに——。

「あいつ、今どこでなにしてんだろう……」

街灯に照らされた葉桜を眺めていたら、ふと口からこぼれていた。

「……立花さん」

篠原が顔をのぞき込むようにして身をひねったが、航平はずっと公園の桜を見つめていた。

「そういえば――これは言わないほうがいいかと思ったんですが……」

篠原が神妙な声を出すので、航平もなんだろうかと顔を向けた。

「先月末ぐらいだったかな、営業の帰りに、六本木《ろっぽんぎ》で一小路さんを見かけたんですよ」

夕方、年上と思えるきれいな女性と、タワーのある目抜き通りを歩いていたようだ。ふたりとも着飾っていたので、ドレスコードのあるレストランにでも、食事に行くところだったのかもしれない、と篠原は話した。

「美男美女で、めちゃ目立ってましたよ。一小路さん、エスコートにも慣れてるようで、なんだかもうふたりが輝いて見えちゃいました。どういう関係なのかわかんないですけど……」

それを聞いて航平はうつむいて黙り込んだ。

三月末だと、海外の撮影ツアーから戻ってきたばかりのころだろう。

帰国したという電話はいちおうもらったが、女性と食事をする時間はあったくせに、自分と会う時間はないのかと考えると、なんだか無性にムカムカしてきた。

ドレスアップした女性と連れ立って六本木とは、怪しい予感しかない。

「それで、ふたりはどんな感じだったんだ？　あいつ、にやけたツラしてなかったか」

「すごくいい雰囲気でした。一小路さんは女性にも優しいですね。あっ……もしかして、浮気とか考えてるんですか？　いやいや、それはないでしょ～」

自分から意味ありげな言い方をしておきながら、篠原は明るく笑った。

「そうじゃないにしても、腹が立つ！」

航平はすっくと立ち上がった。足下にはビールの空き缶が三本転がっている。

「くそっ、俺には電話もしてこないくせに、なんであいつはいい思いをしてんだよ。というか、普通はお土産《みやげ》ぐらい持ってくるだろうが。それもなしってどういうことだ！」

八つ当たりだとわかっていても、篠原の両肩を手でつかんで強くゆさぶっていた。かなり酔っぱらっている自覚はあったけれど、不満の持っていき場がなかったのだ。

「そ、そんなの俺に言われても……」

「なあ、篠原、悪いのは俺なのか？　俺のなにがいけないっていうんだ。教えてくれ。畜生、こうなったらやっぱり一小路に会いに行って問いつめてやる！　もし浮気してたら別れる」

「えっ、今からですか？　やめたほうがいいですって！　それ、余計にこじれるパターンです。俺、経験済みですから。それに立花さん酔ってるし、ちょっと落ち着きましょう」

サンダルとスリッパで歩いていく航平を、篠原が後から抱きついて引き止めようとする。

「うるせえ、離せ。俺はもう我慢の限界なんだ！　今すぐあいつに会わないと気が狂う」

ヒートアップして暴れる航平を、篠原がなんとかおとなしくさせようとする。しかし航平は逆に篠原を胸に抱き込んだ。そのまま彼の両腕ごと、胴回りを絞るように締めつけた。

「なっ…なんでいきなりベアハッグ⁉　痛い痛い、離してくださいって〜」

プロレス技をかけられて、苦しがっていた篠原だったが、そのうち抵抗しなくなった。航平の腕の力が弱まったからだ。航平は一回り小さい篠原に抱きつくような体勢だった。

「あの……立花さん、大丈夫ですか？」

「――一小路に会いたい……」

両腕を回して抱きかかえながらそう言うと、腕のなかの体がびくんと震えた。一瞬、つめた息を篠原はゆっくりと吐き出して、あいた両腕をどうすべきかもぞもぞとさせている。

「それ、ずるいっすよ。やっぱり……俺じゃだめなんですね」

問いかけというよりは確認に近い、諦めの口調だった。航平が篠原をさらに強く抱きしめて、ごめんなと謝ると、篠原は小さくうなずくだけでなにも言わなかった。

木々を揺らす風の音と、月桂樹《げっけいじゅ》の甘く清涼感のある香りが、ふわりとふたりを包んでいた。雰囲気にのせられて出来心を起こした篠原が、航平の腰に腕を回そうとした瞬間、

「おまえら、なにやってんだ！」

突如、どこから現れたのかわからない男が、体当たりしてきて、航平と篠原は突き飛ばされていた。その勢いで篠原は路上に転がり、航平はふらつきながらも倒れるのはまぬがれた。

「い――一小路？　どうしておまえがここにいるんだ……」

その男はなんと一小路で、仁王立ちになって篠原を睨《にら》みつけている。

「てめえ、あれほど言ったのに――。どういうことだ、これは！　立花、おまえもおまえだ。まさか俺が寝込んでたあいだ、こいつと乳繰り合ってたんじゃないだろうな」

とんでもない誤解をされて頭にきた。

「そんなわけあるか！」

「だったら、こんなところで抱き合う必要ないだろうがっ。後輩、説明しろ！」

座り込んだままの篠原にものすごい剣幕で近づくと、スーツの胸ぐらを乱暴につかんで引き起こした。完全にびびってしまっている篠原は、青ざめた顔で唇を震わせている。

「もう立花のことは諦めると言っておきながら、陰でこそこそやってたとは……。見損なったぞ。恥ずかしい写真どころか、す巻きにして東京湾に沈めてやろうか」

きれいな顔を般若《はんにゃ》の面のように歪《ゆが》めている。激怒しているのに、口許には狂気じみた笑みがにじんでいて、そのアンバランスさが逆に怖い。はじめて目の当たりにする、一小路の怒りの形相に航平も面食らっていたが、徐々にこっちも憤懣《ふんまん》のボルテージが上がってきた。

「やめろっ、篠原を離せ！」

ふたりのあいだに強引に割り込んで、一小路の腕を振り払う。足に力が入らず立てない篠原に、大丈夫かと声をかけながら起き上がらせると、一小路は舌を打って表情を険しくした。

「なるほど、後輩をかばうのか。立花、お、おまえ……本気でそいつと――」

急に眉尻を下げて、不安そうな顔になった一小路の腹に、航平は間髪入れずに拳《こぶし》を埋めた。

その途端、一小路は「うっ！」と苦しげな声をもらして前屈みになった。

「――くっ、な、なぜ？　ちょっと待て……暴力はよくないぞ」

「それをおまえが言うな！　おまえが人の話も聞かず、ひとりでぶち切れてるからだろ。突然出てきてわけのわからないこと言って、なんなんだよ」

航平が責め立てると、一小路は殴られた下腹を押さえながら、居心地悪そうに言い訳した。

「それは……おまえを驚かそうとこっそり会いにきたら、抱き合ってるのが見えたから」

「驚かす？」

疑いの眼差しで睨みつけると、一小路はすっと視線をそらした。

「サプライズだよ、サプライズ。一ヵ月ぶりに会うのに、普通に電話してからじゃ、いつもと同じだろう。突然行っておまえの喜ぶ顔が見たかったんだよ」

「はっ？　そんなことのために、俺をひと月も放っておいたのか。バカだろう」

「だ――だから、違うって。おまえこそ俺の話を聞けよ」

バカ呼ばわりされて、一小路もむっとした顔で言い返す。興奮して言い争うふたりを、篠原は少し離れた場所ではらはらしながら見ていた。仲裁に入るどころではない。

「仕事が忙しかったのもあるが、こっちもいろいろ事情があったんだよ。会いたくても会えない状況だったんだ。話すと長くなるから――」

「そのわりには、六本木できれいな女性とデートしてたらしいじゃないか」

「デート？」

「おまえが浮気してるんなら、俺もこいつと浮気するからなっ！」

「な、なにぃ⁉」

航平に指差された篠原は、ぎょっとした顔でかぶりを振った。今にも襲いかかってきそうな野獣のような目で一小路に睨まれて、身を震わせながら後ずさりする。

「お……俺はな、おまえをずっと待って待ちくたびれて、頭がおかしくなりそうだったよ」

声がかすれて裏返り、涙声になりながらも、なんとか言い続けた。

会いたくてたまらなかった男が目の前にいるのに、どうして胸に飛び込んでいけないのか。甘い、それでいて締めつけられるような感覚が走って、目尻に涙がにじんでくる。

「俺だって同じだ。だから、今日やっとおまえに――」

「だったら、どうしてもっと早く会いに来てくれないんだ。何度も連絡しようかと思ったけど、仕事の邪魔もしたくないし、おまえが『ちょうどいい機会』なんて言うから……。俺のこと面倒くさくなって離れたいのかもしれないとか、いろいろ考えたんだぞ…っ！」

叫ぶのと同時に、大粒の涙がこぼれて頰《ほお》を流れ落ちた。一小路が瞠目して口を閉ざす。

悔しいような、泣きたいような、言葉にならない熱い感情で胸が押しつぶされそうだった。

航平自身でさえ気づいてなかった激情が爆発する。

「このまま終わりになったらどうしよう……と思ったら、なんかもうわけわからなくて。今も、おまえに会いに行くつもりだったんだ。見ろよ、この格好。慌てて片方スリッパだぞ」

「立花……」

ははは、と笑う航平に対して、一小路は胸を痛めたように顔をしかめた。

「そしたら出たところで篠原に会って、俺が最近調子が悪いから、篠原も心配して様子を見にきてくれたんだ。おまえとの関係や俺の気持ちも全部話したよ。さっき抱き合っていたのは、こいつの思いやりが嬉しかったから、友情のハグをしただけだ」

濡《ぬ》れた頬を手の甲でぬぐって鼻をすすると、一小路は心苦しそうに顔を伏せた。

「そうか……」

「なのに、このバカが乱入してきて、余計にややこしいことになったんじゃねえか」

一小路の肩を思いきり突き飛ばし、背中を両方の拳でぼこぼこと叩いて、弁慶《べんけい》の泣きどころに足蹴《あしげ》りまでしても、一小路はされるがままいっさい抵抗せずに辛抱していた。

「篠原に、おまえに会いたいって泣きごとを言ったら、俺じゃだめなのかって言うから、俺ははっきりわかったんだよ。俺にはおまえだけなのに！　どうしてそれがわからない」

目を細めた一小路も、今にも涙があふれそうな赤い目で、興奮状態の航平を見つめていた。

「勝手に誤解して焼きもちやいて、そんなもの俺が東京湾に捨ててきてやる。篠原の恥ずかしい写真なんか撮る暇があったら、一分一秒でも長く俺のそばにいやがれ！」

言い終わるや否や、一小路の腕の中にきつく抱きしめられていた。

「……ごめん、立花。わかった、わかったから……。もういい、泣かなくていい。泣くな」

そう言われて、しゃべってるあいだずっと泣いていたのだと知った。

ようやく大好きな人の胸に抱きしめられて、なおさら涙がぼろぼろとこぼれ落ちた。かすかに漂う煙草の香りに、心ごと全部包み込むような逞《たくま》しい腕。懐かしくて愛《いと》しいぬくもり。

航平も一小路の背中にしっかりと腕を回した。

「い——一小路だ……」

抱き合ってしまえば、今までの不安や欠落感などあっという間に消え去った。胸の奥の空洞に、怒濤《どとう》のごとく温かいものが流れ込んできて、幸福感で満たされていく。

ふたりが愛の抱擁を交わしているあいだに、篠原はそっとその場を離れていた。

「寂しい思いをさせて、本当に悪かった……。情けない話だから、あまり言いたくはなかったんだが、マンションイベント後に体調を崩してしばらく入院してたんだ」

「えっ！　そ、そうだったのか？」

航平は弾《はじ》けるように顔を上げて瞠目した。思いもかけない事実に驚いた。

「入院って——、それで、もう大丈夫なのか」

「ああ、今日退院したんだ。だから、おまえに急いで会いにきた」

海外にいたときに思わぬ感染症にかかっていたようで、帰国してから症状が出たため一週間程入院して治療をしていたらしい。航平に心配をかけたくないので、連絡をしなかったようだ。

「じゃあ……先月末に、六本木で一緒にいた女性はなんだよ」

「彼女はストックフォト会社の社長だよ。帰国した日に、ツアーの成功を祝して食事をしたんだ。ふたりきりじゃない。ほかにもスタッフがいて、打ち上げみたいなもんだ」

誤解をしていたのは自分も同じで、決まり悪さに「そっか」とだけ呟《つぶや》いて目をそらした。

「もしかして、立花も妬いてくれたのか？」

認めるのはなんだか恥ずかしいけれど、航平は今度こそ素直に気持ちを伝えることにした。

「篠原にその話を聞いて、すごく腹が立った。仕事がらみだとしても、いやだった」

「そっか、嬉しいよ……」

一小路は愛しそうな目でそう言った。声は少しだけ震えていて、甘い響きをもっていた。

胸の底が熱く疼《うず》く。どうしようもない感情が押し寄せてきて、たまらず顔を伏せた。

「俺も今になって、おまえが言ってたことがよくわかったよ……。気持ちが突っ走って、自分でも止められなかった。恋愛って容赦ないな……。けど、一小路のせいで、自分が変わるのはいいかなと、思えたんだ」

「変わるって、どんなふうに？」

抱き合ったままゆっくりと顔を上げると、いつもの穏やかな表情をした一小路がいた。

「だから、欲望におぼれるのも悪くないってことだよ。俺は今、すごくおまえにキスしたい」

一小路は満足そうに目を細めると、くすりと笑う。

「俺は、いつだってエロいことばかり考えてるぞ。おまえが怒ってるときも泣いてるときも、真剣に真面目な話をしているときでさえ、ああ、今すぐ抱きたいなぁと思ってる」

「変態だな」

「剣道着姿はそうとうやばかった。本気で下が元気になって」

「また勃起《ぼっき》かよ」

わざと茶化しているだけだとわかっていても、航平はあえてのり突っ込みを入れる。

「でも俺だって……あの日は勝負パンツはいてたしな。俺もエロいこと考えるようになった」

「本当に？」

嬉しそうに目を輝かせる男に、航平はまっすぐな笑顔を向けて、ああ、とうなずく。

人通りがないとはいえ、なんという下世話な話をしているのかと、思わなくもなかったが、

「それで、今日こそは泊っていくんだろうな」

そう誘わずにはいられなかった。


航平の部屋に入るなりシャワーも浴びずに、性急に互いの服を脱がせ合った。自分で脱いだほうが早いと思うのに、少しでも離れるのがいやで、キスを交わしながら裸になる。

「なに……もう、勃たせてんのかよ」

「立花だって、人のこと言えないだろ。ほら、硬くなってるぞ」

ベッドの脇で立ったまま抱き合い、相手の下半身に愛撫《あいぶ》をほどこしていく。手の動きを合わ

せるようにして、頭をもたげはじめた性器をこすると、すぐに息があがった。

体を重ねるのは二ヵ月ぶりだからか、ふれ合うだけでひどく興奮した。

「んっ、そこ、い…い…」

にじみ出た先走りの液を、丸みを帯びた先端にぬりたくるようにして、なで回される。

「おまえは――先っぽが好きだよな」

「オヤジくさい言い方するな」

文句を言いながらも、さらに前をすりつけてキスをせがむと、がっつくように求められる。

「…ふっ、ぅん…っ」

互いに舌をからませて、激しく口腔《こうこう》をまさぐった。深いキスを繰り返しながら、同時に完全に勃ち上がった屹立《きつりつ》を、握り込んだ手で強弱をつけてしごき上げられる。

「――はっ、ぁ…」

自然と腰が浮き上がりそうになり、一小路の肩に両腕を回して抱きついた。

「手がお留守になってるけど、俺のはしてくれないわけ」

「そ……そんな余裕あるか。俺を長く待たせた罰だ。さきに達《い》かせろ」

高慢な態度で命令しても、一小路はふっと軽く笑うだけで、

「そうだな、今夜は王様の仰《おお》せのままに」

首筋にキスを散らしながら、航平の欲望を丁寧にかわいがった。

片方の手で根元の袋をやわやわと揉みしだきながら、腹につくほど反り返った幹全体を、手のひらで大胆にこする。ときどき、先端の窪《くぼ》みを押しつぶすようにいじられた。

「あっ、待て……もっ…」

「ん？　いや、達くにはまだ早いだろう」

そうは言われても、性的な快楽よりも気持ちのほうが限界に達していた。一小路にふれられている喜びが抑えきれなくて、今にも腰がぐずぐずにとろけそうで立っていられない。

「——ぁ、あぁ…」

長い指が何度か往復しただけで、下腹部がびくんと震えて、手の中に精を放っていた。

「おいおい、嘘《うそ》だろ」

思いがけず、手のひらを濡らした白濁の液を、一小路はまじまじと眺めている。

「なっ…なんで、くそぉ…」

こんなに早く達してしまうのは航平もはじめてで、一小路に抱きついたまま、恥ずかしくて顔を上げられなかった。とにかくもう、興奮の度合いが半端なくて、自分でも驚いた。

「まさか、ずっと抜いてなかったのか？」

「……うっせえ」

いくら航平でも二ヵ月のあいだ、自慰なしではいられない。一小路への想いが募った夜などは処理をしてきたが、それでもやはりたまっていたのだろうか。一度出したら落ち着いた。

一小路と抱き合いたい気持ちが積み重なって、こらえきれなくなっていたのだろう。

「──おまえが悪いんだ。俺を放っておくから、フラストレーションがたまってたんだ」

一小路は航平の腕を肩から外すと、にやにやと笑っている。そのどこか得意げな表情が憎たらしい。顔が赤いのが自分でもわかるほどで、まともに一小路の顔が見られなかった。

「俺だってとっくに『立花』切れで餓《う》えてるんだ。今夜はたっぷりおまえを充電させてくれ」

そう言いながら床にひざまずくと、まだ勢いを失っていない航平の前を口に含んだ。

「えっ、あぁっ…！」

不意を突かれて、航平は反射的に一小路の髪の毛をつかんだ。達したばかりの敏感な場所は、ちょっとした舌の刺激にもひくひくと痙攣《けいれん》して、ふたたび硬さを増していく。

「ちょ、待て……。おまえは、いいのかよ。まだ、達ってないのに……」

性器にまとわりつく熱い粘膜の感触に、息を弾ませながら言うと、一小路は口から離した。

「おまえを存分に味わってからでいい」

前回のセックスが、一小路の独壇場で終わったから、気を遣っているのかもしれない。けれど、優しくじらすように扱われると、それはそれでもどかしくて困る。

「──んっ、待っ…あぁ」

舌先で先端を舐《な》めながら、根元を指の輪でこすられる。さきほどは余裕がなくて感じられなかった痺《しび》れるような愉悦が、下腹から疼くようにせり上がってくる。

腰が砕けそうな心地よさで、立っているのがままならない。一小路の肩に手を置いて支えにしていると、そのままベッドの端に導かれてマットに両手をつかされた。

「このほうが立花も楽だし、俺もやりやすいから」

床でひざ立ちになり、上半身はベッドに乗り出した、四つん這《ば》いの体勢。尻を突き出した恥ずかしいポーズだが、それも今さらだ。もっとアクロバットな体位で抱かれたこともある。

航平のベッドがあまり広くないのもあるが、一小路はベッドの上でおとなしく行為を進めていくのを好まない。むしろ寝室以外での場のほうが盛り上がって激しい。

狭いバスルームに無理やり入ってきたり、台所で立ったまま挿入されたこともある。寝室でベッドの一部を使っているだけ、まだましなほうなのだ。

「立花は……好きなように感じてくれ。俺はおまえを悦ばせたい」

やはり今回の件で心苦しさがあるのか、奉仕に徹しようというつもりなのかもしれない。

「う、ふ……っ…」

ぬめった舌が双丘の狭間をなぞっていき、中央の窄《すぼ》まりを突つく。そこを舌で愛撫されるのははじめてではないが、何度経験しても、奇妙な蠢動《しゅんどう》が背筋を駆け抜けていくのだ。

「力を抜いてろ。ここが一番気持ちいいの知ってるだろ」

わかってはいても、つい体がこわばってしまう。後ろが見えない無防備な体勢と、ありえない場所で泉のごとくわき上がるだろう快感に、身がまえてしまうのだ。

「――あっ」

しつこく穴を舐められながら、いつの間にか潤滑油のオイルが垂らされていた。マッサージでもするように優しく周囲をもみほぐされて、ぷつっと指の腹が中に入ってくる。

「ん…ぅ、はっ」

違和感はあっても、痛みはないほどに体は慣らされている。すぐに感じるポイントを探り当てられた。指が増やされて抜き差しを繰り返しながら、前もこすられる。

「……ふっ、あぁ…いい」

一小路のものとは太さも長さも異なるけれど、細やかに的確に快楽を突いてくる。狭い場所を押し広げるようにして、指の腹がこすっていくと、えも言われぬ甘美な疼きが走った。

「はっ、あぁ…」

「立花――もっといい声を聞かせてくれ」

ベッドに上半身を伏せた航平に、一小路は背後から覆いかぶさるようにして、耳許でささやいた。そのあいだも彼の指は、ぐじゅぐじゅと淫猥《いんわい》な音を立てながらかき回している。

「――んっ、それ、やめ…っ」

「気持ちいい？　中で動いてるの、わかるだろ」

「ぁ…あ、入ってるの、……感じる」

上体を起こした一小路が、航平の腰を引き寄せると、勢いをつけて中を突き上げた。そして素早く引き抜き、指での抜き差しを繰り返しながら、性器もこすり上げる。

「ひ、ぁ…はっ、あぁ…」

まるで挿入されて突かれているような感覚に、なけなしの理性が奪われていく。執拗《しつよう》に後ろを責められて、航平は無意識にベッドのシーツを両手で強く握りしめていた。

「い――一小路、待て。このままじゃ、またすぐに達って……」

「いいぞ、好きなだけ達って。何回でも俺が気持ちよくさせてやるから」

「ち…がう、俺はおまえを……中で感じたいんだ」

息もきれぎれに後ろを見ると、一小路は動きを止めて困惑した笑みを浮かべていた。

「挿《い》れていいのか。今日は自分を戒めるためにも、おまえだけを――」

「ふざけんな。そんな戒め、誰も嬉しくないぞ」

あろうことかこの性欲魔人が、この期に及んで挿入しないつもりだったのかと、呆れた。

「…もっ、いいから、早く――きてくれ。おまえがほしいんだよ」

「立花……」

一小路は感極まった様子で、ゆっくりと立ち上がった。まだ、じゅうぶんな刺激はほどこしてはいないのに、体は臨戦態勢を整えていて、わかりやすい男だなとおかしくなる。

「本当はすぐに突っ込みたかったんだ。でもそれじゃ、いつもと一緒になってしまうから」

「俺がいいと言ってんだろ。早くしろ」

情動を抑制しようとしていた一小路も、恋人の誘惑にはあっけなく陥落した。態度を一転させると、あおったのはおまえだからな、と航平の背中に覆いかぶさる。

腰を抱え直して高く上げると、あてがう前に何度か自身を強くしごいた。硬さを増した太い幹に手をそえて、張り出した部分を航平の尻の谷間にこすりつける。

「——あっ…」

薄い皮膚の溝を、ぬるついたものが往復する感触に身震いした。べたついたオイルと、先端からにじみ出る体液をまぜるようにして、一小路が自身の欲望のありかを知らしめる。

「……一小路」

これから入ってくる、と覚悟を決める瞬間、航平はいつも祈るような気持ちになる。うまく一小路を受け入れられますように。彼を決して拒んだりしませんように——。

一小路が望むものを与えて満足させることが、航平にとっても最上の喜びなのだ。

「——立花、まだ力が入ってる。息を、吐いて」

高揚と緊張から、気づかずにつめていた息を少しずつ吐き出した。深い呼吸を繰り返す航平の具合をうかがいながら、一小路はゆっくりと腰を進めた。

「んっ、……ぁは…」

異物感があるのは最初だけで、狭い器官を自身の形に押し開くように、ずずっと一気に根元まで埋め込まれる。最奥まで届き、中がいっぱいになると、不思議と心が落ち着いた。

「おまえの中――、なんでこんなに気持ちいいんだろうな」

一小路も同じように感じていたのか、ふっと安堵《あんど》の息をもらして、腰を抱き寄せた。首筋に唇を押しつけながら、耳たぶを味わうように舐めて、肩に軽く歯を立てる。

「もう、あとはつけてもいいんだろ」

「いいけど……シャツで隠れない場所は困る。取引先でいっ――」

「冗談だよ、つけないって。わざわざマーキングなんかしなくても、立花が誰のものなのか、俺は知ってるから。だろ?」

肩の近くでそう言いながら微笑《ほほえ》まれて、航平も口許をゆるめて、そうだな、と返した。

「俺はおまえみたいに、甘い言葉をストレートには言えないけど、でも、いつも一小路のことを想ってるよ。もう二度と、セフレなんか作るなよ。俺だけで我慢しとけ」

一小路は泣きそうに顔を歪めると、航平の肩に額をつけてしぼり出すように言った。

「作るわけないだろ。おまえひとりで充分だよ……。立花への愛情も嫉妬も、全部胸に抱きしめていくことに決めたから。あるがままの俺を、立花にも受け入れてほしい……」

「なに言ってんだ、もうとっくに受け入れてるだろ。今だって――。というかさ、挿れられたままこういう話をするのも、まぬけだと思うんだけどな」

後ろに首をひねって苦笑すると、一小路も同じように笑って、ちゅっと上唇を食《は》まれた。

「じゃあ、そろそろ動いてもいいか。俺もつらくなってきた」

「あ?」

いつもならそんなこと訊かず、勝手に責め立てるくせにと、苦笑する。

「いや、今夜の王様は立花だからな。おまえが足の指を舐めろと言うなら舐めるし、縛ってくれと言うなら喜んで縛るよ。俺は性奴隷になって尽くすから、なんでも命令してくれ」

「なんだよ、そのプレイ。おまえがただ、やりたいだけじゃないか。それにいちいち命令するのだって面倒だ。いいから、一小路の好きなようにすればいいだろ」

「なるほど、では遠慮なく」

「――えっ」

まさか縛られるのかと思ったら、体内に埋め込んだものをいったん引き抜き、勢いをつけて根元までずんとひと突きされた。予期せぬ衝撃と甘い疼きに、航平は背中をのけ反らせる。

「お、おまえ……」

「好きにしろと言ったのは立花だろ。俺は主導権を譲るつもりだったのに、もう遅いぞ」

ふたたび強く突き上げられて、もうなにも言い返せなかった。今まで静かに息をひそめていたのが嘘のように、熱い剛直が手荒く中をかき荒らした。

「く…ぅ、あ…っ、はっ」

後ろから腰を強く打ち込まれるたびに、ベッドのスプリングが弾んで、航平の上半身も前後にゆれる。こうなったらもう一小路の思うがままで、快楽の淵まで堕ちるしかない。

浅い箇所を丹念にこねくり回されて、下肢からぞわりと劣情が上りつめようとしたとき、

「まだ達くなよ」

先端からぽたぽたと雫《しずく》を垂らしている屹立を、手の中にぎゅっと握り込まれた。

「…あっ、やめ、離せ…っ」

「今日は本当に早いな。二度目は俺につき合ってもらうからな」

「だ、だから、早い早い言うなって……！」

ひくついている性器の根元を指で締めつけられたまま、航平はシーツに身を伏せてかぶりを振った。悔しい。達きたいのに達けないジレンマで、目尻に自然と涙がにじんでくる。

「……立花、かわいい。腰が動いてる」

強弱をつけて律動をそそぎこまれて、航平の下半身も知らず知らずにゆれていた。

「もっ、やめ…っ、ぁ…」

「――航平…」

快楽の波に飲み込まれながら、どこか遠くで名前を呼ぶ声にはっと意識が戻った。

「えっ、な…に、今、なんて…」

「航平――って言ったんだよ。これからセックスのときは、そう呼んでいいだろ。おまえも俺のことは名前で呼んでくれ。そのほうが仕事とプライベートを切り替えられるしな」

航平も考えなくはなかったが、ベッドの上でとなると、ただならぬ恥ずかしさに襲われた。

「い…いや、ちょっと無理……」

「無理じゃない。いつまでも高校のときと同じじゃ、気分も出ないだろう。ほら、『元《はじめ》』って呼んでみな。呼べないなら、このままもう達かせないからな」

「えっ」

それも困るので、試しに「はじ――」と言いかけたものの、顔から火が出そうだった。

「やっぱり無理だ！　べ、べつにいいだろ、今までどおりで」

「じゃあ、達かせない」

「なにぃ」

真っ赤な顔で後ろを睨みつける航平を、一小路は容赦なく責め立てた。速いピッチで奥を突き上げていたと思ったら、感じるポイントに硬く張り出した先端をこすりつけてくる。

「…あっ、だめ…だ、もっ…、達きたい……」

そう哀願しても、締めつけている指の輪がゆるむことはなく、肩を強くかまれた。

「んっ…！」

「――航平…、航平」

何度も名前を呼ばれながら、激しく体をゆさぶられて、理性が狂わされていく。

「た…頼むから、もう、達かせろ…って」

ずるずると性器が出入りするたびに、背筋を波打たせながらあえぐが、一小路には聞き入れてもらえなかった。淫《みだ》らな腰つきで航平を追い立てながら、夢中になって快楽を貪《むさぼ》る。

「俺の――」

航平だと、愛おしそうな声で、甘い吐息を背中に浴びせた。

「…あっ、は――じめ……」

朦朧《もうろう》とする意識の中で、最後は一小路の名前を呼んだような気もするが、自分ではよくわからなかった。気がついたら、体内の奥深いところで、どろりとした熱を感じていた。

その後も一小路は航平の体を離さず、幾度となく体内で欲情を叩きつけた。航平もくたくたになるまでしぼり出された。

もう達けないという時間になっても、ただつながったままでいいから、ドライオーガズムを試してみたいと、入れたまま眠りにつこうとするので航平もさすがに怒った。

(――結局、最後はいつもどおり一小路の好き放題にされてしまった……)

離れようとしない恋人をベッドから蹴り落とし、とりあえずシャワーを浴びて出てくると、一小路もようやく観念して入れ替わりでバスルームに入った。

(何回したのかわからない……)

いくら二ヵ月ぶりとはいえ、獣のように交わった行為を思い返すと、いたたまれない。まだ、またのあいだになにかが挟まっているようで、ふらつきながら携帯電話を手にする。

メールチェックをしたら、一件の着信があり、篠原からだった。

――うまくいってよかったですね！　俺、超ドキドキしました。ラブシーンを見て感動したのははじめてです。俺はふたりのことずっと応援してます！　幸せになってください。

文末にはハートマークがついている。思わずふっと笑みがこぼれた。

「あいつも人がいいよなぁ……」

どこまで見られていたのかわからないが、もう迷いはなかった。篠原のおかげで吹っ切れたようなもので、かわいい後輩に感謝しながらも、返信はせずに携帯を閉じた。

バスルームから聞こえるシャワーの音が心地よく、安らぎさえ感じながら、乱れたベッドに目を向けると、一気に生々しさがよみがえってくる。だいたいは一小路の部屋ですることが多いのだが、うちもダブルベッドに買い替えるべきかと、一瞬でも考えた自分を恥じた。

（――調子にのせるだけだろ）

やめたやめたと、すぐに思い直すものの、棚に置いた一小路の携帯電話を見て、自分も同じキャリアのスマートフォンにしようかと、またしてもちょっぴり心が動いてしまう。

携帯電話にはこだわりがないので、航平はいまだフィーチャーフォン、いわゆるガラケーを使い続けているが、一小路と同じスマホにすれば、便利で得なこともあるだろう。

どんな機種を使っているのかと、なんとはなしに一小路のスマホを手に取る。ホーム画面にいくつものアイコンが並んでいた。それを見ただけで自分には扱えないかもと思った。

棚に戻そうとしたところ、意図せずに画面にふれてしまい、関係のないページが開いてしまった。あせりつつも、その画面の壁紙が強烈で、航平はぎょっとしてのぞき込んだ。

上部にアイコンが少し並んでいて顔は見えにくいけれど、裸で横たわっている男の姿だ。男はベッドにうつぶせになっていて、引きしまった腰や尻が丸見え。

――いやな予感がした。

（まさか……）

画面に置かれたフォルダらしき中に、『立花お色気』という名前のものを発見した。その瞬間、予感が確信へと変わった。壁紙の写真は間違いなく、盗み撮りされた自分の裸体だ。

（こんなの、いつの間に撮ったんだ）

その『お色気』フォルダの中にも、いったいどんないやらしい画像が収められているのかと想像すると、カーッと体が熱くなり、羞恥と怒りでスマホを持つ手が震えた。

「あれ、立花、なにやって――」

バスタオルで濡れた髪の毛を拭きながら、全裸の男がのこのこと部屋に入ってきた。振り返りざまに睨みつけると、これが目に入らぬかとばかりに、手にしたスマホをかかげる。

「きっさまぁ～、なんだよ、これは！」

「なんだよって……それは俺のスマホ――って、もしかして見ちゃったのか？」

スマホを突きつけたままにじりよると、一小路は乾いた笑いをもらしながら後ずさった。

「待て待て、ちょっと落ち着けって。べつにそんなエロい写真なんか――」

「はあ？　お色気って書いてるじゃねえかよ。そりゃあエロいに決まってるだろ。しかも俺の裸を壁紙にするなんて――てめえは本当に変態か！」

「いや、だからそれは……。おまえの尻があまりにかわいいからさ、尻しか撮ってないって」

「尻でもだめだ、今すぐ消せ。バックアップがあるなら、それも全部消しやがれ」

「えーっ、ひとりで楽しむぐらいいいだろ」

しょんぼりしながらも抗議されて、往生際の悪さにため息がもれそうになる。

「おまえなぁ、ほんと危ないやつだぞ。俺の恥ずかしい写真を撮ってどうするんだよ……」

「いやいや、これは恥ずかしい写真じゃない。立派な芸術だ」

「まだ、言うか」

その後、消す消さないでしばらくもめるふたりだったが、海外土産があるからそれで許してくれと航平はうまく丸め込まれてしまった。しかしその代物が――。

「おまえこれ……」

「どうだ、すごいだろ。絶対、立花に似合うから！」

想像を絶するほどいやらしい、海外メーカーの下着で、航平はただただ言葉を失った。

「どうだ、勝負パンツが増えて嬉しいだろう」

どん引きしている航平は、得意満面の一小路を冷めた目で一瞥《いちべつ》した。

「ありがた迷惑に決まってるだろ。こんなふざけたスケスケパンツで勝負なんかできるかっ」

「剣道はふるちんでやるくせに」

「そういう問題じゃねえ」

　真っ赤なレースの下着を床に放り投げると、それを踏みにじりたい衝動にたえた。

「なんだよ、また照れてるのか。恥ずかしがらないでいいから」

「恥ずかしがってねえ！　心からほんっとーに、死ぬほどいやなんだ。てめえ、どこまで変態なんだ」

　呆れるのを通り越して激怒すると、一小路は叱られた大型犬のようにしゅんとした。

「そうか、そこまでいやなら仕方ないな……」

　悲しげな声で呟きながら、床に落ちた下着を拾って丁寧に埃《ほこり》をはらう。

「おまえの桃のようなプリケツが、情熱のパンツに包まれる日を、俺は病院のベッドで毎晩夢見ながら、治療に励んできたんだが……。そうか、だめか……」

「うっ」

　見るからに消沈されると、病み上がりの恋人に対して、自分がひどく悪者に思えた。

「実はショップの店員に、アダルトグッズもすすめられたんだ」

「――な、なにぃ？」

「それはさすがにきっぱり断ったよ」

「当たり前だ！」

「グッズにまで嫉妬したくないからな。おまえの中に入っていいのは俺だけだから」

色気全開、フェロモン垂れ流しの笑顔でそう言われて、航平はぐっと言葉につまった。

「……一小路」

そんなふうに言われると、まあ、下着ぐらいならはいてもいいかと、少しだけ思ってしまう。

自分もそうとう一小路に甘いのかもしれないと、航平は顔を赤らめるのだった。

あとがき

こんにちは、音理雄《おとざとゆう》と申します。このたびは拙作をお手に取っていただき、誠にありがとうございました。キャラ文庫さんでは三冊目、自著としては十八冊目となります。

今回のお話の前半『親友に向かない男』は、以前、雑誌に掲載していただいた短編です。珍しく順調に進んで、執筆中もノリノリだったような……。普通に格好いい受けと、ヘタレっぽい攻めが個人的に好きなので、書いているあいだとても楽しかったです。

担当さまからも、嬉しいお言葉をいただきました。アンケート等、出してくださった読者のみなさまがいらっしゃいましたら、本当にありがとうございます！　おかげさまで、こうして一冊の文庫にまとめていただくことができました。

意気揚々と続きを書き下ろすつもりだったのですが、実際に進めてみるとこれが難産で……。でき上がってるふたりのその後、というのは難しいですね。初稿がぼろぼろだったので、担当さまに的確なアドバイスをいただき、かなり時間がかかりましたが、自分でも納得のいくお話になりました。一小路《いちこうじ》の変態っぷりがパワーアップしてるけど大丈夫かな（ドキドキ）。

前半ちょい役だった後輩の篠原《しのはら》が、書き下ろしであんなに活躍するとは予定外でした。彼のようなタイプは非常に書きやすいので楽でしたが、反対に一小路は書きにくいキャラでした。

もっとヘタレにしたいところだけど、そうすると攻めとしての威厳が……。いつか機会があれば、三人をからめた番外編なども書いてみたいです。

今回の文庫から担当さまが新しく変わりました。変更当初から、現担当さまにはご迷惑のかけっぱなしで心苦しいかぎりです。本当に申し訳ありません。これからも至らぬ点が多々あるかと思いますが、どうぞよろしくお願いします。前担当者さまにも大変お世話になりました。三年間ありがとうございました。おふたりに感謝いたします。

また、雑誌掲載時から引き続き、イラストでお世話になった新藤《しんどう》まゆり先生にも、心よりお礼を申し上げます。ふたりの格好良さには前から胸きゅんしてましたが、文庫カバーでは乙女心をわしづかみにされました。素敵なイラストを本当にありがとうございます。

最後になりましたが、ここまでお読みくださった読者のみなさまもありがとうございました。雑誌から楽しみにしてくださっていた方がいましたら、ご満足いただけたでしょうか。新しく読んでくださった方も、楽しんでいただけたなら幸いです。

もう十年以上もこのお仕事をやっていますが、年に一冊の超スローペースで、なんとか業界の隅っこにしがみついています。ですが、どの本も愛情だけはたっぷり注ぎ込んでます。

今後、またどこかでお目にかかれましたら、これ以上の喜びはありません。

二〇一四年　六月　　　　音理　雄

この本を読んでのご意見、ご感想を編集部までお寄せください。

《あて先》〒105‐8055　東京都港区芝大門2‐2‐1　徳間書店　キャラ編集部気付
「親友に向かない男」係

■初出一覧
親友に向かない男……小説Chara vol.29(2014年1月号増刊)
恋人と呼びたい男……書き下ろし

2014年8月31日　初刷

著者　音理　雄
発行者　川田　修
発行所　株式会社徳間書店
〒105-8055　東京都港区芝大門2-2-1
電話　048-451-5960（販売部）
03-5403-4348（編集部）
振替　00140-0-44392

Chara

親友に向かない男……【キャラ文庫】

印刷・製本　株式会社廣済堂
カバー・口絵
デザイン　百足屋ユウコ＋松澤のどか（ムシカゴグラフィクス）

ISBN978-4-19-900764-4

キャラ文庫最新刊

親友に向かない男

音理 雄

イラスト◆新藤まゆり

イベント会社に勤める航平《こうへい》は、高校時代の親友で初恋の人・一小路《いちこうじ》と仕事で再会!! 喜ぶ一小路を前に、つい告白してしまい!?

真珠にキス

遠野春日

イラスト◆乃一ミクロ

極道の愛人の美青年・朝霞《あさか》と知り合った、仏文学准教授の葛元《くずもと》。ゲイだと見抜いた朝霞に誘われ、逢瀬に溺れてゆくけれど…!?

愛の嵐

水原とほる

イラスト◆嵩梨ナオト

公安エリートと不倫中の美貌の刑事・美土《みと》里《り》。ヤクザの幹部・五十嵐《いがらし》に知られてしまい、警察の情報と体をよこせと脅されて!?

9月新刊のお知らせ

秀 香穂里 [トライアングル・ルール(仮)] cut／高久尚子

愁堂れな [ヴァンパイア探偵(仮)] cut／雪路凹子

成瀬かの [世界は僕にひざまずく] cut／高星麻子

お楽しみに♡

9月27日(土)発売予定